오현종

1973년 서울에서 태어났다. 이화여대 사회복지학과를 졸업하고 명지대 대학원 문예창작학과에서 박사학위를 받았다.
1999년《문학사상》신인상을 받으며 등단했다. 소설집『세이렌』,『사과의 맛』과 장편소설『너는 마녀야』,『본드걸 미미양의 모험』,『외국어를 공부하는 시간』,『거룩한 속물들』이 있다.

달고
차가운

달고 차가운

오늘의 젊은 작가 02

오현종
장편소설

민음사

차례

프롤로그

"악을 없앨 방법은 악밖에 없을까?"

신혜는 「심슨 가족」 시리즈 DVD를 보며 속삭이듯 물었다. 침대 건너편 텔레비전 화면에서는 화가 난 호머 심슨이 아들 바트 심슨을 혼내 주기 위해 잠긴 방문을 주먹으로 내리치고 있었다.

그때 내가 뭐라고 대답했던가.

두툼한 베개에 등을 기대고서 시험지를 읽고 있던 나는 잠깐 뜸을 들였다가 "뭐라고?" 하고 되물었다. 말소리를 잘 듣기 위해 몸을 왼편으로 기울이자 신혜의 머리카락이 왼쪽 귓바퀴를 간질였던 것 같기도 하다.

그런데…… 다시 한 번 떠올려 보자. 가늘고 부드러운 머리칼이 귀를 간질인 건 그와 비슷한 어느 오후의 기억일지 모른다. 확실한 건 내가 손안에 쥐고 있던 전날 치른 모의고사 외국어 영역 문제지뿐이다. 어쩌면 나는 아무 대답 없이 읽고 있던 문장을 마저 읽었는지도 모른다.

신혜는 소란스럽게 다투는 호머 심슨과 바트 심슨을 눈으로 좇으며 같은 질문을 되풀이했다. 두 번째는 목소리가 좀 더 또렷하게 들렸다. 나에게 하는 말인지 혼잣말인지는 알 수 없었다.

"만화가 재미없어?"

내가 물었다.

신혜는 애니메이션에 시선을 두고 아이같이 깔깔 웃기만 했다. 그녀를 따라 화면을 쳐다보았지만 하나도 우습지가 않았다.

나는 웃고 있는 신혜의 머리를 끌어당겨 팔로 감싸 안았다. 웃음소리가 멎었다. 그녀가 눈을 감고 있는지 여전히 뜨고 있는지 보이지 않았다. 부드러운 목덜미를 누른 오른 손목 안쪽으로 맥박이 느껴졌다. 나는 얇은 살갗을 통해 심장이 뛰는 소리를 엿듣고 있다고 믿었으나, 그건 내 손목 안쪽의 박동을 그녀의 것으로 착각한 까닭인지도. 분명한 건 사실 아무것도 없다.

그러나, 나는 우리의 운명을 결정지은 순간이 바로 그때인 것 같다는 생각을 해 왔다. 막연하지만, 종종 그런 생각이 들었다. 그날의 질문으로부터 모든 일들이 시작되었는지 모르겠다고.

모닥불은 춤춘다

그제 내린 눈은 다행히 흔적 없이 녹아 버렸다. 나는 새벽 1시가 넘어 사방이 잠든 것을 확인하고 몰래 현관문을 열었다.

목적지까지는 줄곧 걸어야 했다. 요 며칠 날이 풀렸다곤 하지만 바깥을 오래 걷기엔 추운 겨울밤이었다. 귀와 입까지 둘둘 감싼 머플러와 털모자, 몸에 밀착된 방한복 덕분에 그럭저럭 견딜 만은 했다.

목적지에서 10분 거리에 있는 버스 정류장에 다다른 때는 새벽 3시 무렵이었다. 등줄기로 땀방울이 도르륵 흘러내리다 청바지 안에 겹쳐 입은 사이클 타이츠의 허리 밴드에서 멈추는 게 느껴졌다. 도로 한가운데 정류장의 불빛은 정육점 진열대처럼 기괴하게 환했고, 조명 밑은 텅 비어 있었다. 정류장 주변을 돌아보았으나 시간을 보낼 데가 마땅치 않았다. CC 카메라가 깔린 편의점이나 패스트푸드점 안으론 들어갈 수 없었다. 나는 낡은 상가 출입구로 몸을 집어넣고 휴대전화를 꺼냈다.

장갑을 벗은 뒤, 무감각해진 손가락을 갖다 대자 전화기 액정에 빛이 쏟아져 들어왔다. 그것은 성냥의 불빛 같았다. 나는 인터넷 창을 열어 약속한 트위터 계정으로 찾아 들어갔다. 미리 팔로를 해 놓았더라면 트위터에 접속하자마자 확인할 수 있었겠지만, 우리는 온라인상에서도 팔로로 묶여서는 안 되는 사이였다. 주소를 적어 열어 본 계정에는 10분 전쯤 여행지에서 찍은 사진 한 장과 함께 짧은 멘션이 올라와 있었다. 30분 전에 확인했을 때만 해도 보이지 않던 글이었다. 예상보다 빨랐다.

강화도 펜션의 겨울밤. J는 노래하고 K는 달리고 L은 졸고 모닥불은 춤춘다.

L은 졸고…… 모닥불은 춤춘다. 나는 납작한 백팩 앞주머니에 휴대전화를 집어넣으며 영어 문장 외우듯 중얼거렸다. 그 여자가 집에 돌아와 잠자리에 들었음을 알리는 신호다. 계획을 실행에 옮길 시간이 왔다. 달궈진 쇠가 식기 전에 두드

려야 할 시간.

서둘러 목적지로 걸음을 옮겼다. 낡은 연립주택들이 오밀조밀 들어찬 골목을 지난주에 세 차례나 돌아보았다. 캄캄한 밤이라 해도 길을 잃을 염려는 없을 거였다. 털모자를 더 깊이 눌러쓰고 머플러를 콧등까지 끌어 올렸다. 나는 차갑게 울리는 발소리를 들으며 물었다.

혹시 두려워하는 거니.

검은색 운동화는 그런 질문 따위 대답하기 싫다는 듯 탁탁 탁 탁, 고무 밑창을 울려 대며 제 갈 길을 걸었다.

새벽 3시의 주택가 골목은 길 고양이 우는 소리조차 얼어붙어 있었다. 연립주택 2층으로 올라가는 계단이 실외로 드러나 있다는 건 이미 아는 사실이었다. 계단을 오르기 전, 20미터쯤 떨어진 의류 수거함 뒤편에 몸을 숨긴 채 머플러를 벗어 백팩 안에 넣었다. 방한용 장갑을 벗고 수술용 장갑을 손에 끼우는 것도, 머리카락을 싹싹 훑어 넣어 수영 모자를 쓰는 것도 잊지 않았다. 안면 마스크도 덮어썼다. 모든 준비를 마친 뒤에 입고 있던 방한 파카의 털모자를 도로 썼다. 파카 지퍼는 코 밑까지 쭉 올려 잠갔다. 만일 골목에 사는 밤잠 없는 누군가가 창으로 내다본대도 몽타주를 그릴 수 없을 게 틀림없었다.

발소리를 죽여 계단을 오른 다음, 현관 앞을 그대로 지나쳤다. 욕실 바깥 창이 있는 건물 오른편으로 돌아가야 했다. 바짝 붙은 옆 건물과 욕실 창이 마주해 한낮에 창을 열어도 햇빛 한 점 들지 않는 구조였다.

나는 욕실 창문 앞에서 걸음을 멈췄다. 미리 설명 들은 대로 잠금장치를 망가뜨려 놓은 낡은 창은 쉽게 입을 벌렸다. 하지만 창문 크기가 작아서 열린 창으로 몸을 집어넣을 수가 없었다. 창문 두 쪽을 전부 떼어 내야 했다. 일자 드라이버만으로 뜯을 수 없으면 백팩 안에 넣어 가지고 온 공구를 사용할 생각이었으나, 덜렁거리는 창문은 파열음과 함께 쉽게 뜯겨 나갔다. 한밤의 소음에 누군가 깨지 않았을까 하고 한참을 숨죽이고 서 있었다.

사위는 변함없이 검고 조용했다. 집집마다 창을 닫아걸은 한겨울이란 사실이 다행스러웠다. 지난주 답사할 적에 보니 세입자들이 많이 이사 간 재개발구역이라 그런지 골목 안쪽은 전염병으로 사람이 사라진 동네처럼 고요했다. 나는 창이 떨어져 나간 네모난 구멍 속으로 백팩부터 밀어 넣었다. 그리고 외벽 모서리와 요철을 움켜잡고 턱걸이하듯 몸을 끌어 올려 양다리를 집어넣었다. 토끼 굴같이 어둡고 좁은 구멍을 통과한 마른 몸이 변기 뚜껑을 딛고 욕실 바닥에 착지했다. 타일 바닥을 밟는 소리가 아작, 하고 단호하게 들리는 순간에야

비로소 들어온 구멍으로 다시 나갈 수 없음을, 모든 일은 돌이킬 수 없음을 확연하게 깨달았다.

어쩔 수 없지. 악을 없앨 방법은 악밖에 없는걸. 죽느냐 죽이느냐, 둘 중 하나라고.

나는 약한 불 위에 올려놓은 물 주전자처럼 차츰 가빠지는 호흡을 가다듬었다. 시야가 가리지 않게 수영 모자 위에 덮어쓴 털모자를 젖히고, 백팩 안에서 청 테이프를 꺼냈다. 절단면의 끝을 살짝 접어 놓았으니 바로 테이프를 뜯어 입을 막을 수 있을 거였다. 나는 집 구조를 그린 도면을 떠올리며 마루로 통하는 문을 열었다.

이것은 사람이 아니다. 이것은 아무도 아니다. 아무도, 아무것도.

나는 긴 이어폰 줄을 오른손에 돌려 감고 더욱 힘을 주었다. 왼손으로는 팽팽하게 당겨진 줄 끝에 달린 이어폰 한쪽을 꽉 움켜쥐고 있었다. 솜이불 위로 여자의 어깨를 찍어 누른 두 무릎이 덜덜 흔들렸지만, 내 다리가 떨리는 탓인지 아니면 여자의 몸이 거세게 버둥대는 탓인지 가늠할 수 없었다. 그것이 무엇 때문이든 간에 꿈틀거리는 움직임이 느껴지면 느껴질수록 무릎에서부터 격렬한 살의가 차올랐다. 몸속을 순환하는 피가 뜨겁게 데워지는 걸 느낄 수 있었다. 여자의 숨이 잦아들수록 내 숨은 가쁘게 밀려 나왔다.

바깥과 달리 안방 안의 공기는 지나치게 더웠다. 더운 공기를 타고 달착지근한 술 냄새가 떠다녔다. 예상했던 대로 여자는 만취해 있었고, 눈도 뜨지 못했다. 입만 봉한 게 아니라 감긴 눈꺼풀 위에도 청 테이프를 감아 버렸기 때문이다. 나는 여자의 눈동자를 보고 싶지 않았다. 눈이 마주치면 여자를 죽이지 못할지도 모른다는 생각이 들었다.

죽어 버려. 빨리 죽어 버리라고. 누구를 괴롭히려고 태어난 거야. 누구를 괴롭히려고 낳은 거야!

끝에 다다르기까지의 시간이 너무 길었다. 그래서 조바심이 났다. 나는 이어폰 줄을 움켜쥔 양손을 바깥으로 더 힘껏 잡아당겼다. 턱 밑에서 열십자로 교차해 묶은 가느다란 줄이 여자의 목둘레를 파고들었다. 어금니를 앙다물고, 눈과 입을 청 테이프로 막아 버린 여자의 얼굴을 정면으로 바라봤다. 베개 위에 흐트러진 부스스한 파마머리와 콧방울이 좁은 뾰족한 코, 검게 문신해 넣은 가느다란 눈썹이 수명이 다해 흐릿한 형광등 불빛 아래 날것으로 드러나 있었다. 여자의 머리통은 하나였다. 머리 세 개 달린 개가 아니었다. 나는 줄이 감긴 가느다란 목을 응시했다. 이 작고 마른 몸에서 그렇게 무수한 죄악이 튀어나왔단 사실이 기이했다.

천장에 달린 형광등이 깜박깜박 점멸을 반복했다. 불빛이 차가운 어둠에 몸을 내어 주는 찰나, 눈, 코, 입이 한데 뭉그러졌다 되돌아왔다. 눈앞의 얼굴은 누구의 얼굴도 아니었다. 어제까지 한 번도 본 적 없는 낯선 얼굴이었다. 영화 속에서 살인범에게 살해되는 익명의 여인과 다름없었다. 그러나, 그런데, 그 위로 한 얼굴이 겹쳐진다. 그것은 아주, 익숙한 얼굴이었다.

문득, 이 순간을 내가 오랫동안 상상해 왔는지 모르겠다는, 어쩌면 그랬는지 모르겠다는 생각이 머릿속을 비집고 나왔다. 간절하게 기다린 순간…… 이었는지도 모르겠다는.

팽팽하게 줄을 당기던 손아귀에서 돌연 힘이 풀렸다. 이불 밑의 움직임이 멈춘 지 오래란 사실을 깨달았다. 나는 솜이불을 활짝 들추고 여자의 가슴에 왼쪽 귀를 대 보았다. 손목 안쪽으로 피가 흐르고 있는지도 확인해 보았다. 여자는 얇은 살구색 나일론 속옷밖에 입고 있는 게 없었다. 그제야 이불 밖으로 드러난 사지가 의수족 상사 앞을 지나치며 본 플라스틱 팔다리처럼 딱딱하고 기괴하게 느껴졌다. 몇 분 전까지 피가 돌던 살덩어리였고 그 몸에서 숨을 빼앗은 사람이 나 자신인데도, 그것을 보고 공포를 느낀다는 사실이 이상했지만, 그랬다.

나는 요 위에 널브러져 조금씩 체온을 빼앗겨 갈 몸뚱어리를 한참 들여다보았다. 그리고 계속해서, 귓가에 속삭이는 익숙한 목소리를 기억하려 애썼다. 같은 노래를 리플레이 하듯 되풀이해서 떠올렸다. 이어폰에서 노래가 흘러 들어오는 순간 세상의 소음이 딱 멈추었던 것처럼 한 사람의 목소리만 귓속을 울렸다. 부드러웠다.

실수를 하면 모두 끝이다. 다음 시험이란 없다. 꿈꾸었던 다른 삶도 없다. 여자의 몸 위에 솜이불을 도로 덮었다. 이것은 아무것도 아니다. 아무것도, 아무도. 그래서 나는 그렇게 했고, 손에는 피 한 방울 묻히지 않았다. 깨끗했다. 더러운 일이었다면, 손을 더럽히는 일이었다면 아마 시작도 안 했을 것이다.

죽은 여인을 옆에 둔 채 안방 화장대와 옷장 서랍을 열어 안에 든 물건들을 몽땅 끄집어냈다. 옷장 안의 작은 가방이나 주머니까지 뒤져 지퍼를 열어 놨다. 안방에는 훔쳐 갈 물건이 없다는 걸 알았지만, 필요한 일이었다. 돈을 훔치는 게 목적이 아니라, 돈을 훔쳐 간 것으로 보이는 게 목적이었다. 곧장 마루로 나가 낡은 김치냉장고의 문을 열었다. 신 김치 냄새가 나는 플라스틱 김치 통 한 개를 꺼내 위에서 두 번째 통의 뚜껑을 열자, 고무줄로 묶인 만 원짜리 지폐 다발부터 100원짜리 동전까지 적잖은 돈이 플라스틱 통을 채우고 있었다. 금가락지 네 개를 비롯한 패물도 섞여 있었다. 들은 대로 오늘 새벽까지 술집에서 벌어 온 돈과 비상금, 귀금속을 숨겨 둔 곳이 맞았다. 죽은 여자가 엎드려 절하는 신이 돈이었다니, 여자는 신을 김치 통에 넣고 경배한 셈이었다.

갈증이 조금 났으나, 이상하게도 담배를 피우고 싶단 생각이 들지 않았다. 남은 김치 통도 밖으로 꺼내 전부 뚜껑을 열어 놓았다. 통장이 든 검은 비닐봉지는 챙기지 않고 마룻바닥에 내던졌다. 동전과 1000원짜리 몇 장만 보란 듯 남기고 지폐와 패물을 백팩 안에 쑤셔 넣었다. 김치냉장고와 맞붙은 싱크대도 문을 활짝 열어 어지럽혔다. 뒤이어 건넌방으로 들어가 물건들을 싹 털어 냈다. 책상 위의 액세서리 함에서 14K 반지도 골라냈다. 마지막으로 욕실 옆방에서 여행용 캐리어와 서랍장의 여름옷들을 끄집어냈다. 손목시계는 어느새 새벽 5시를 향하고 있었다.

들어올 때는 욕실 창을 뜯고 들어왔으나 나갈 때는 현관문을 열고 나가면 됐다. 나는 마루를 휙 훑어보고 현관문 걸쇠를 열다가, 죽은 여자의 목에 이어폰을 남겨 뒀다는 사실을 깨달았다. 뜨거운 김이 콧속으로 훅 들어간 것처럼 숨이 막혔다. 발소리를 죽이고 마루에서 안방으로 건너가는 사이 운동화 고무 밑창이 장판을 밟는 소리가 뽀득뽀득 밤공기를 울렸다. 운동화 바닥으로 실내를 밟는 그 느낌이 새삼 생경했다.

내가 버려두고 간 그대로 누워 있는 여자의 목에서 이어폰 줄을 풀어 주머니에 넣었다. 그리고 집으로 걸어가는 동안 어떤 노래를 들으면 좋을까 궁리하기 시작했다.

*

좌석은 창가 쪽이었다. 기내용 캐리어를 머리 위 선반에 올리고 일찌감치 안전벨트를 맸다. 뉴욕행 비행기가 이륙하기 전까지 20여 분이 남아 있었다. 이제부터 열서너 시간 밀린 잠을 자고 눈을 뜨면 마술처럼 JFK 공항에 옮겨 가 있을 거였다.

점퍼 주머니에서 아이팟 터치를 꺼내 이어폰을 귀에 꽂았다. 「킬링 미 소프틀리 위드 히즈 송(Killing me softly with his song)」. 엊그제 밤, 집으로 돌아오는 길에 몇 번이나 들었던 올드팝이 흘러나왔다. 킬링 미 소프틀리. 소프틀리. 소프틀리. 부드러운 것이 나는 좋았다. 눈을 감으며 그날 밤 나에게 무슨 일이 있었던가 떠올려 보았다.

한밤의 거리를 걸었고, 익숙하고 달콤한 노래만 골라 반복해 들었으며, 2층에서 식구들이 출근 준비로 정신없을 때 살짝 들어와 이불을 덮고 잠이 들었다. 어젯밤과 오늘 아침에는 두 번에 걸쳐 약속한 트위터 계정을 훔쳐보았다. 아침에 확인해 보니, 지난 새벽 짧은 문장이 올라와 있었다.

이렇게 겨울밤이 지나간다.

아직은 문젯거리가 생기지 않았다는 신호다. 이상한 기미가 있었다면 "겨울밤이 길다."라는 글이 올라왔을 테니까. 공원 뒷산에 묻은 반지도, 목소리를 잃은 시체도, 어느 것도 나를 밀고할 수 없었다. 하지만 만약에 무슨 일이 생긴다면?

그렇더라도, 더 이상 나빠질 건 없었다. 지금 나를 불안하게 하는 것은 누군가 내 흔적을 찾아낼지 모른다는 공포가 아니었다. 여름이 올 때까지, 어쩌면 연말까지 서울로 돌아오지 못하리라는, 그때까지 각자 모르는 사람으로 지내야 한다는 현실이었다. 견딜 수 있을까? 시간이 지나기 전에는 무엇도 알 수 없는 법이다. 하지만 적어도 돌아온 뒤에 많은 것이 변해 버린 걸 실감하게 되리란 사실만은 알았다.

좋은 쪽으로든, 나쁜 쪽으로든 달라져 있을 것이다. 가장 나쁜 건 아무것도 달라지지 않는 삶, 아닐까.

오늘은 좋은 일만 상상하고 싶었다. 시험처럼 실패해 버리고 싶진 않았다. 붙거나 떨어지거나. 죽거나 살거나. 사랑하거나 외면하거나. 잡히거나 빠져나가거나. 인생은 매번 둘 중의 하나다. 중간은, 없다.

볼륨을 낮춘 달착지근한 노랫소리 사이로 가벼운 꽃가루처럼 졸음이 내려앉았다. 나는 언제나 잠이 부족했다. 잠은는 달았다. 노래는 속삭이는 소리처럼 귓전에서 멀어지고, 나는 이어폰을 귀에 꽂은 채 달고 차가운 기억들을 꿈속으로 가만가만 불러왔다.

봄

그해 봄, 내가 신혜를 처음 만난 곳은 건물 5층 비상계단과 연결된 옥상이었다. 처음이라 말하긴 애매할지도 모르겠지만, 어쨌거나 그녀의 이름을 외우게 된 날이었으니 그렇게 단정해도 무리가 없으리란 생각이 든다.

옥상으로 통하는 낡은 출입문을 밀고 걸어 나가자 두서넛씩 모여 서서 담배를 피우는 남자아이들이 눈에 띄었다. 나는 그들을 피해 옆 건물 물탱크가 내려다보이는 콘크리트 난간 앞에 자리를 잡았다. 아침에 수염을 바짝 민 턱을 두드리는 3월의 바람이 날생선처럼 차가웠다. 꽃샘추위였다. 서둘러 '던힐'에 불을 붙이고, 눈을 감았다. 첫 모금이 독하게 목구멍을 비집고 들어왔다.

이곳은 건물 옥상이 아니다.

이곳은…….

나는 아이팟 터치에 연결한 이어폰에서 흘러나오는 멜로디를 들으며 눈을 감았다. 담배 연기를 입술로 쭉 빨아들이자 니코틴이 묵직하게 몸 안으로 퍼지며 그보다 가벼운 졸음을 바깥으로 밀어내는 느낌이 들었다. 다시 빨아들인 담배 연기를 입 밖으로 훅 불어 냈다. 볼 안에 비릿한 잔 맛이 퍼졌다. 눈을 뜨고 고개를 돌리자 담배를 손가락 사이에 끼우고 요란스럽게 웃어 대는 아이들이 눈에 들어왔다. 그들이 웃는 모습이 나는 몹시 불쾌했다. 뭐가 그렇게 우스운지 알 수 없었다. 그들도 나처럼 웃을 자격조차 없는 인간들 아니던가?

웃고 있다면, 모두 개자식들이다.

이곳은 옥상이 아니다. 저들은……

재수생이 아니다. 이곳은 대입 학원 콘크리트 옥상이 아니다.

저들은 아무도 아니다. 아무도. 아무것도.

지난 일요일 저녁, 아버지는 식탁 앞에서 신문을 읽다가 숟가락을 내던지고 일어났다. 신문지가 구겨지는 소리에 고개를 든 게 잘못이었다. 나를 쏘아보던 안경알 너머의 차가운 눈빛, 붉은 기름과 밥풀이 둥둥 뜬 육개장 국물을 지워 버리기 위해 나는 써드 스토리(3rd Storee)의 노래를 흥얼흥얼 따라 불렀다.

Girl don't cry, dry your eyes.

If there's anything that you need, come get it from me.

그렇게 밥맛 떨어진다는 표정을 짓는 것보단 내 얼굴을 뜨거운 육개장 대접에 처박는 편이 나았을 거다. 대학도 못 간 새끼가 뭘 처먹고 앉아 있느냐고 소리치는 게 차라리 나았을 거다. 대학에 떨어진 나도 개새끼, 재수생 주제에 옥상에서 낄낄대는 저것들도 개새끼, 이런 새끼를 낳은 아버지도 개다.

나는 필터까지 파먹고 들어간 담배를 콘크리트 바닥에 떨어뜨리고 운동화 밑창으로 짓이겼다. 담배를 느긋하게 태우고 내려갈 여유는 없었다. 옥상 출입문 쪽으로 몸을 돌리다가 이어폰을 귓구멍에서 뺐다. 초록색 페인트가 칠해진 출입문 옆쪽, 그러니까 반대편 난간에 등을 댄 여자아이 하나가 아이스바를 빨아 먹으며 서 있었다. 두툼한 베이지색 카디건에 스키니 진을 걸쳐 입은 가늘고 긴 아이였다.

그 애가 불쑥 눈 안으로 들어온 건 꼭 예쁘장한 외모 때문만은 아니었다. 담배를 피우기 위해 옥상으로 올라온 남자아이들 틈에선 여자아이라면 누구든 눈에 띄는 존재일 수밖에 없었으니까. 여학생이라고 해서 담배를 피우지 않는 것은 아니지만, 남학생들이 진을 치는 옥상으로 혼자 올라오는 경우는 드물었다.

나는 이어폰 줄을 말아 주머니에 쑤셔 넣으며 출입문 쪽으로 걸어갔다. 여자아이의 얼굴을 계속 쳐다보지는 않았다. 나는 남과 눈을 마주치는 걸 극도로 싫어해서 거리를 걸을 때에도 행인들의 얼굴을 쳐다보지 않는 습관이 있었다. 그러다 문득 얼굴이 낯익다는 생각이 들었고, 나도 모르게 팥죽색의 길쭉한 아이스바를 빨고 있는 입술에 눈길이 갔다.

뭐지? 무언가 이상한 느낌이 들었다. 그래서 마음과 달리 여자아이에게서 눈을 뗄 수가 없었다. 점퍼 주머니에 양손을 깊숙이 찔러 넣는 순간, 야동에서 남자의 성기를 빨던 소녀가 떠올랐다. 흰 얼굴의 여자아이는 입술을 오물거리며 가늘고 긴 원기둥 모양의 아이스바를 돌려 가며 빨아 먹었는데, 그 모습이 분명 화면 속에서 성기를 쪽쪽 빨던 알몸의 소녀와 비슷했다. 아이스바가 녹아내릴 때 혀를 내밀어 핥아 먹는 얼굴은 사뭇 진지하기까지 했다. 다만 여자아이는 흥분을 느끼는, 혹은 그런 척 연기하는 배우와 다르게 몹시 우울한 표정이었다. 혀가 무감각해서 맛을 느끼지 못하는 사람처럼. 이렇게 추운 날씨에 옥상에서 아이스바를 먹다니 혹시 혀가 얼어붙은 걸까. 시선을 거두어들이려는 찰나 여자아이와 눈이 마주쳤고, 나는 황급히 고개를 돌렸다.

병신. 그러게 야동은 그만 뗄 나이가 됐잖아. 당구에 빠지면 칠판이 당구 다이로 보인다더니.

나는 천천히 계단을 걸어 내려오며 도리질을 쳤다. 그러다 복도 맨 끝 교실 안으로 들어설 때 깨달은 건, 여자아이가 나와 같은 교실에서 수업을 듣는 여학생 중 하나라는 사실이었다.

여자아이는 점심시간이 끝나 갈 무렵에야 교실 뒷문으로 들어와 오른쪽 벽 가까이에 앉았다. 여자아이의 자리가 역시 교실 오른편 뒷줄에 앉은 나보다 다섯 줄 앞이었기에 시야에는 베이지색 카디건을 걸친 어깨와 동그란 어깨에 살짝 닿을 만큼 늘어진 머리칼만 들어왔다. 뒷모습을 주시하다 보니 굵은 실로 짠 모자 달린 카디건을 예전에 보았다는 생각이 들었다. 모자에 달린 털 방울은 분명히 눈에 익었다. 다만, 이전까지 여자아이는 칠판과 나 사이에 놓인 수많은 머리통, 더러운 경쟁자들 가운데 하나일 뿐이었다. 그 외엔 아무것도 아니었다.

"야, 민신혜."

그와 동시에 여자아이의 콧날이 교실 왼편을 향했다. 머리칼을 귀 뒤로 쓸어 넘겨 왼뺨이 고스란히 드러났다. 교실 중앙에 앉은 머리 묶은 여자애가 몸을 반쯤 일으켜 빼고 뭐라고 말하고 있었다. 여자아이, 민신혜가 의자에서 일어나 그쪽으로 다가갔고, 휴대용 플라스틱 약통 비슷한 것을 받아 가지고 제자리로 돌아와 앉았다.

점심을 먹고 난 오후에는 어김없이 졸음이 몰려왔다. 눈동자는 지수함수를 푸는 강사의 손을 좇았으나, 숫자들은 분필 가루를 따라 주르륵 미끄러져 내렸다. 이전에도 비슷한 유형의 문제를 여러 번 푼 적이 있었다. 이곳에서의 수업은 전부 고등학교 때 배운 것의 반복이었다. 고교 시절 한 교실에서 공부한 친구들이 빠르게 새로운 세계를 배워 나가는 시간, 나는 이미 배운 내용만 되풀이했다. 나만 제자리에 그대로 머물러 있었다. 내 인생에서 스무 살은 썩어서 쑥 빠져나간 앞니 한 개 같은 것인지도 모른다. 이가 빠진 얼굴은 남에게 감출 수도 없고, 이다음 새로 이를 해 박는다 해도 전과 같이 말끔해지기는 어려울 것이다. 나는 이가 썩어 빠지지 않게 주의했어야 했다. 이가 빠지면 얼마나 아플지 가늠해 봤어야 했다. 남들은 이가 멀쩡한데 무슨 이유로 내 이만 빠졌느냐고 아무리 물어봤자 소용없는 일이었다.

그런 대학 가라고 널 공부시킨 게 아니야.

마이크를 잡은 수학 강사의 쉰 목소리 대신 엄마의 카랑카랑한 목소리가 이어폰을 통해 흘러들 듯 귓속을 맴돌았다.

넌 어려서 아무것도 몰라. 평생을 엘리트로 산다는 게 어떤 건지 아니? 응?

엄마는 유일하게 합격 발표가 난 대학의 등록을 포기하게 했다. 그곳은 엄마가, 아버지가 인정하는 대학이 아니었다.

인생에서 1년은 아무것도 아니야. 1년 늦게 간대도 곧 따라가면 돼. 넌 원래 학교를 일찍 들어갔으니까 똑같아지는 셈이라고. 하지만 그런 데 가면 영원히 낙오되는 거야. 따라가려야 죽어도 따라갈 수가 없어. 죽었다 깨나도 안 돼. 대통령 자식이라도 대학이 삼류면 평생 삼류 꼬리표 달고 사는 줄 왜 몰라.

우선 등록만 하고 1년 있다 다시 시험 보면 되잖아요. 대학 다니면서 준비하는 애들도 많대요.

뭐하러 그런 똥통에 돈을 갖다 바쳐!

나는 이해할 수 없었다. 이름만 대면 누구나 아는 서울 시내 사립대학의 영문학과가 어째서 똥통인지.

의대 본과에 올라간 뒤로 병원 앞에 오피스텔을 얻어 잠을 자는 형이 빨랫감을 가지고 들렀다가 귀찮은 듯 한마디 던지고 갔다.

자기 앞가림은 자기가 알아서 해야지. 왜 집안 시끄럽게 해.

형이 엄마에게서 용돈을 받고 2층으로 올라가 버린 뒤, 욕실 앞 세탁 바구니에는 시큼한 냄새 나는 옷가지가 넘치게 쌓여 있었다.

수학 시간이 끝난 뒤에도 여자아이는 자리에서 일어나지 않았다. 쉬는 시간에는 책상 위에 엎드려 눈을 붙였고, 수업 후에는 나처럼 야간 자율 학습을 하지 않는지 일찍 교실을 빠져나갔다. 뒤이어 학원 밖으로 나온 나는 버스 정류장까지 걸어가면서 담배를 피우고 싶다는 생각을 했다. 그러고 나선 담배 연기를 내뿜듯 신혜, 라는 이름을 입술 끝에서 달싹여 보았다.

*

학원 옥상에서 여자아이를 본 날로부터 일주일 가까이 그 애 얼굴을 제대로 보지 못했다. 다음 날은 결석을 했는지 자리가 비어 있었고, 그다음 날부터는 교실에 앉아 있더라도 거의 자리를 뜨지 않아 뒷모습밖에 볼 수 없었다. 한번은 신혜가 교실 밖으로 혼자 나가기에 혹시나 하고 건물 옥상으로 올라가 봤지만, 예의 담배 피우는 무리들만 우글거렸다.

어째서 자꾸 그 애의 뒷모습을 쳐다보게 되는지 나도 알 수가 없었다. 언제나 똑같이 반복되는 수업이 지루한 탓인지도 몰랐다.

아무것도 아니야. 모두 다 아무것도 아니야. 아무것도 의미 없어. 아무도.

7시 전에 집에서 나오느라 우유에 부은 시리얼밖에 삼킨 게 없었지만, 속이 좋지 않아 점심시간에도 밥 생각이 나지 않았다. 가사 도우미 아주머니가 만들어 준 유부 초밥 도시락 뚜껑을 열었다가 도로 닫았다. 군대를 제대하고 다시 수능을 준비하는 휴학생 형이 도시락 업체의 도시락을 사 먹으러 같이 내려가지 않겠느냐고 물었지만 거절하고 의자에서 일어났다.

나는 도시락 주머니에 같이 들어 있던 한약 파우치를 들고 나와 화장실 변기에 쏟아 버리고 건물 위로 향하는 계단을 올랐다. 담배를 물면 밥 생각이 더 달아나겠지만, 그래도 숨을 좀 쉬고 나서 먹든지 말든지 할 참이었다. 문득, 내가 담배를 피운다는 사실을 엄마가 알면 어떻게 될까, 라는 생각이 들었다.

엄마는 다짜고짜 학생이 어떻게 담배를 피우니? 너 깡패니, 응? 하고 소리부터 지를 거였다.

나는 학생이 아니야. 고등학교를 졸업했어. 대학에 들어가지 못했을 뿐이야.

계단을 딛고 오르며 혼잣말을 했다. 고작 담배 한 대 피울 때마다 죄책감을 느끼게 만드는 사람들이 미웠다. 그래서 담배를 끊을 수가 없었다.

대학에 못 갔으면 어른이 아니지. 넌 아직 애라고, 애.

비난하는 목소리가 계단 위로 졸졸 따라왔다.

모르겠니? 응? 응? 응? 응?

응, 응, 응, 응- 익숙한 소리가 귓속에서 이명처럼 울려 댔다.

어린애들한테 하듯 다그치지 말라고요. 나는 엄마 학생이 아니에요. 유치원 꼬맹이가 아니라고요.

나도 목소리를 높이고 싶었으나 내 말은 매번 신물처럼 올라오다 목구멍 안으로 되삼켜졌다. 조용히 방으로 들어와 문을 걸어 잠갔다.

너 어디서 이런 버릇 배웠니. 엄마가 말하고 있는데 문을 걸어 잠가? 어디서 본데없는 짓이야. 내가 이렇게 가르쳤니?

엄마는 방문 앞까지 따라와 문을 두드리다 돌아갔다. 나는 침대에 누워 쿵쿵쿵 문이 울리는 소리를 듣다가 잠이 들었다. 고등학교 3년 동안 한 번도 잠을 푹 잔 적이 없었고, 그래서 너무 졸렸다.

"문 닫혔어."

누군가의 음성이 오른편에서 울렸다. 상관하지 않고 비상계단을 밟으려 할 때, 또 한 번 목소리가 건너왔다.

"문 닫혔다고. 잠겨서 못 올라가."

나는 몸을 돌려 목소리의 주인을 확인했다. 5층에서 옥상으로 올라가는 비상계단 밑 어둠 속에 숨어 있던 여자아이가 앞으로 걸어 나왔다.

나는 민신혜? 하고 이름을 부르려다 멈추었다. 이름을 안다는 사실을 드러내고 싶지 않았다.

"이제 담배 그만 피우라는데?"

"어, 어, 옥상 문이 잠겼구나."

나는 하나 마나 한 말을 중얼거리고 속으로 바보 같은 놈, 하고 내뱉었다.

그런데 여자아이도 내가 담배 피우던 걸 기억하는 걸까. 그런 걸까.

점퍼 주머니에 손을 찔러 넣고 어색하게 몸을 돌렸다. 두세 발짝 앞으로 걸어갔을 즈음 등 뒤에서 목소리가 들렸다.

"너, 담배 편하게 피우고 싶니?"

"어?"

나는 걸음을 멈추고 돌아봤다.

"담배 피우러 가는 거 아녔어? 설마 옥상에서 뛰어내리려던 건 아니잖아."

여자아이가 살짝 웃으며 말했다. 오늘은 익숙한 카디건이 아니라 회색 스웨트 파카에 짧은 치마를 입고 있었다. 어린아이의 것처럼 높고 가는 목소리도, 왼빰에 팬 보조개도 처음이었다.

그냥 웃자고 하는 소릴 텐데, 나는 웃음이 나오지 않았다. 오히려 모욕당한 기분마저 들었다. 그제야 내가 옥상에 올라갈 때마다 옆 건물 옥상이나 건물 앞 도로를 무심코 내려다보고 서 있었던 까닭을 알 수 있었다. 복도에서 길을 잃어버린 기분이 들 때마다 무작정 옥상으로 향하는 비상계단을 밟았던 까닭을.

여자아이는 조금 뜸을 들였다가 혼잣말하듯 낮은 음성으로 말했다.

"오늘 기분이 너무 나빠. 그래서 커피 마시러 나갈 거거든. 음…… 커피 한 잔은 사 줄 수 있어. 우린, 같은 반이니까."

여자아이는 조퇴증을 끊어 본 적이 있느냐고 물었다. 한 번도 없다고 대답했더니 담임에게 아파서 죽을 것 같다고 말하고 조퇴하라고 했다.

"너는?"

"내 일은 내가 알아서 할게."

무슨 이유인지 여자아이의 말이 그것도 제대로 못하면 넌 범생이, 찌질이야, 하는 것처럼 들렸다. 게다가 반대로 기운 없는 표정과 목소리는 거절하면 안 된다는 무언의 압력으로 다가왔다. 그러고 보면 나는 언제나 목소리가 큰 사람보다 작은 사람에게 마음을 쉽게 여는 구석이 있었다. 담임이 나중에 집으로 확인 전화를 걸면 어떡하나, 하는 걱정이 스쳤으나 중요치 않았다. 집은 오후에 비어 있을 테고, 오늘은 과외 선생이 오는 날도 아니었다. 엄마에겐 몸이 아파 일찍 돌아왔고 약 먹고 계속 잤다고 말하면 별문제 없을 거였다.

"좋아. 그럼 정문 앞 편의점에서 만나자."

신혜는 대답 없이 고개를 끄덕였다. 교실로 돌아오는 동안 우리는 서로에게 아무 말도 건네지 않았다.

학원 앞 편의점에서 만난 신혜와 나는 점심도 사 먹지 않고 곧바로 지하철역 안으로 내려갔다. 전동차에 올라탄 신혜는 가판대에서 산 영화 잡지를 혼자 읽었다. 전동차가 덜컹거리며 한강 위를 달리는 동안, 나는 신혜와 어깨를 나란히 하고 유리창 밖을 물끄러미 건너다보았다. 비가 몹시 내린 다음 날이라 그런지 강물이 뿌옇게 보였다. 만약 강물을 모조리 퍼내면 저 밑바닥엔 무엇이 남아 있을까. 좋은 게 많을까, 나쁜 게 더 많을까. 나는 학원을 땡땡이치고 잘 알지도 못하는 여자아이와 지금 뭘 하고 있는 건가. 하지만 솔직히 고백하자면, 지금 옆에 있는 사람이 누구인지는 그리 중요하지 않았다. 그게 누구든 나를 재수생이 아닌 다른 사람으로 바꿔 줄 수는 없을 테니.

"넌 어디 살아?"

신혜가 고개를 반쯤 돌리고 물었다.

"효자동."

"효자동? 효자동이 어디지?"

삼청동 근처라고 설명을 보태자 신혜는 알겠다는 표정을 지었다.

"그런데 뭐하러 우리 학원을 다녀? 집에서 멀잖아."

신혜의 말에 대답하지 않고 다시 차창 밖을 내다보았다. 전동차는 그사이 한강 위를 지나 다음 역으로 들어서고 있었다. 나는 매일 아침 한강을 건너야 하는 학원에 다니게 된 까닭을 누구에게도 말하고 싶지 않았다. 지난겨울 엄마가 입시 점으로 유명한 앉은뱅이에게 갔더니 재수 학원을 정해 주었다는 말 같은 건 들려주고 싶지 않았다. 매일 아침 엄마가 운전하는 차를 타고 강을 건널 때마다 자동차가 가드레일을 치받고 다리 밖으로 튕겨져 나가는 상상을 한다는 말도 하고 싶지 않았다.

"나도 강북에 살아." 신혜가 시선을 잡지에 둔 채 말했다. "난 사실 학원에 등록 안 했어."

나는 신혜의 말이 무슨 얘기인지 알아들을 수 없었다.

"친구 하나가 등록했는데, 이보니라는 애, 죽어도 학원에 갇혀 있기가 싫대. 밴드에서 베이스 치는데 집에선 아무도 모르거든. 덕분에 내가 대신 다니는 거야. 집에서 멀긴 하지만 공짜니까."

"그래도 안 걸려?"

"아직까진. 뭐, 안경 벗고, 성형 좀 했다 그러면 되는 거 아냐? 자기네도 머릿수 하나 줄이고 싶진 않을 테니. 그러니까 학원에선 나를 민신혜로 아는 사람도 있고, 이보니로 아는 사람도 있어. 나는 민신혜면서 이보니인 거지."

신혜와 나는 지하철을 한 번 갈아탔고, 대학 이름으로 명명된 지하철역에서 내렸다. 나는 나보다 반걸음쯤 앞선 신혜를 따라 걸었다.

"그 동네에선 커피도 마시기 싫어."

나는 신혜가 말하는 '그 동네', 그러니까 재수생들로 북적이는 학원가도 싫었지만, 대학 주변 역시 불편하긴 마찬가지였다. 대학가라고 해서 고등학교 동창을 만날 리도 없고, 이 거리를 걷고 있다고 전부 대학생일 리도 없지만, 내가 학교에 속한 사람이 아니라는 현실을 이곳에선 더 분명히 실감하게 됐다.

그때가 아마 입시에 실패한 겨울 끝자락이었을 거다. 그나마 친하게 지냈던 동창 두 명을 시내에서 만난 적이 있었다. 다들 내 상황을 배려해 말을 조심했으나 그들과 나 사이에 놓인 경계선을 분명하게 느낄 수 있었다. 그들 둘은 어느새 한편이 되어 안전선 안쪽에 팔짱을 끼고 서 있었다. 머지않아 대학생이 된다는 흥분과 기대감을 아무리 숨기려 한들 환한 낯빛까지 싹 감출 수는 없었다. "1년은 금방이야, 그렇지?" 그들이 주고받는 말을 들으며 "그럼 네가 대신 해 봐, 이 새끼야." 하고 소리 지르고 싶었다. 누가 나 혼자 떨어지라고 시킨 것도 아닌데, 그런데 내 등을 철로로 밀어 버린 범인이 다름 아닌 그들 둘인 것만 같았다.

그 후로는, 학원 종합반에 다니기 시작한 뒤로는 나도 그들에게 연락하지 않았고, 그들도 나에게 전화하지 않았다. 그것이 서로에 대한 배려이자 우정이라 믿었다.

그렇지만 신혜에게는 이 동네에서 달아나고 싶다는 말을 하지 않았다. 내가 느끼는 소외감을 여자아이에게 들키기 싫었다. 늦은 점심으로 편의점에서 간단히 컵라면을 사 먹고, 테라스에 흡연실이 따로 있는 커피숍에 들어가 담배에 불부터 붙였다.

신혜는 스웨트 파카를 벗어 탁탁 털더니 의자 등받이에 걸쳤다. 겉옷 안에 검정색 터틀넥 스웨터를 입은 몸은 상상했던 것보다 말라 보였다. 가슴도 그리 크지 않았다. 처음엔 실망했고, 조금 후에는 잘 모르겠다는 생각이 들었다. 젖가슴이 손에 잡히지 않을 만큼 커서 몸이 움직일 때마다 무겁게 출렁거리는 여자와 섹스하는 상상, 그런 여자의 가슴에 얼굴을 파묻고 핥는 상상을 자주 했지만, 막상 그런 여자가 여자 친구가 된다면 살짝 주눅이 들지 모르겠단 생각도 들었다.

"옥상 담배보다 맛있어?"

신혜는 우유 탄 커피를 홀짝이며 물었다. 우유 거품이 묻은 입술을 보니 옥상 위에서 아이스바를 빨아 먹던 모습이 떠올랐지만, 빨리 지워 버리려 애썼다. 마주 앉은 신혜와 눈이 마주칠 때마다 마음을 들키는 것 같아 자꾸 통유리창 밖을 내다보았다. 남과 눈이 마주치는 순간은 언제나 불편했다.

"긴박감은 덜해."

"그래서 좋다는 얘기야, 나쁘다는 얘기야?"

"둘 다."

신혜는 조금 웃었고, "그런데 너 이름이 뭐니?" 하고 물었다.

"어, 난 강지용."

나는 그제야 신혜가 내 이름조차 몰랐다는 사실을 알았다.

우리는 커피를 마시면서 졸업한 고등학교에서부터 둘 다 보았던 미국 드라마에 이르기까지 이런저런 얘기를 나누었다. 신혜는 전 시즌을 쭉 챙겨 본 드라마가 「로스트」뿐이라며, 6년 동안 끌어온 드라마가 끝나고 나서야 자신의 학창 시절도 끝나 버렸다는 사실을 실감했다고 말했다.

"드라마는 너무 오래 끄는 게 아니야. 잠깐 즐기게 해 주고 사라지는 편이 깔끔하지. 시즌이 길어지면 우리도 피로하다고."

"넌 「로스트」에서 누가 제일 좋았는데?"

신혜가 물었다.

나는 잠시 망설이다가 "잭." 하고 대답했다.

"나는 벤."

"벤? 벤이 누구더라?"

"벤자민 라이너스 몰라?"

"어어, 알겠다. 미스터리한 아저씨? 근데 악역이잖아."

"악역? 아닌데."

"악역이 아니라고? 벤 좋다는 사람은 처음 봤어. 뚱보 헐리 좋다는 사람은 봤어도."

"정말? 이상하네."

신혜는 의아하다는 표정을 지었다. 어쨌거나 좁쌀영감 벤이라면 재미있는 남자를 좋아하는 취향은 아닌 게 확실했다. 나는 1분 안에 날 웃게 만들어 봐, 라는 얼굴로 팔짱을 끼고 있는 여자애들이 가장 무서웠다. 크게 웃어 본 적이 별로 없어서 남을 웃게 하는 방법도 잘 몰랐다. 애들이 재미있다고 떠드는 텔레비전 개그 쇼를 봐도 웃기지가 않았다. 학교에서도, 학원에서도 미친놈같이 낄낄대는 아이들을 보면 주먹으로 입을 틀어막아 버리고 싶었다. 넌 뭐가 그렇게 재미있어. 아주 좋아 죽겠지, 개새끼야. 목을 졸라 버리고 싶었다.

진작 식어 버린 커피는 너무 썼다. 만약 신혜와 내가 대학생이었다면, 그래서 미팅에서 처음 만난 날이라면 이런 커피숍에서 이와 비슷한 얘기를 나누었을까.

신혜는 학원 종합반에 다니고 있지만 앞으로 계속 다니게 될지는 모르겠다고 말했다. 고등학교 내내 4년제 대학에 갈 계획으로 공부해 왔지만, 이제 와서는 꼭 가고 싶은 학교도 없고, 자격증을 딸 수 있는 2년제 대학에 진학할까 하는 고민도 있다고. 그럴 거면 굳이 학원에 다니지 않아도 합격할 수 있을 거란 얘기였다.

"강지용." 신혜는 거의 빈 내 종이컵을 슬쩍 넘겨다보며 말했다. "우리 공항 가지 않을래?"

"공항? 무슨 공항?"

"요 앞에 인천 공항 가는 버스 있거든. 공항 가서 구경하다 오자. 비행기 타고 떠나는 사람들."

가족 여행을 위해 공항에 간 적은 몇 번 있지만, 목적지도 없이 들른 적은 한 번도 없었다. 여행객들로 붐비는 틈에 미아처럼 앉아 뭘 하겠다는 얘긴지. 시내 커피숍과 달리 공항에 가자는 말은 느닷없게 들렸다. 역시 조금 이상한 아이랑 마주 앉아 있는 걸까, 하는 불안감도 들었다.

"나는 이상하게 공항이 좋더라. 티켓만 사면 어디로든 휙 날아갈 수 있잖아. 같이 바람 쐬러 가자."

"하지만."

"안 돼? 집에 바로 들어가야 해?"

결국, 딱히 거절할 말을 찾지 못한 나는 신혜를 따라 공항버스가 선다는 정류장으로 걸어갔다. 공항버스를 기다리는 동안에는 버스 안 좌석에서 어깨와 팔이 부딪칠 때마다 묘한 기분이 들 거라는 짐작도 하지 못했고, 다시 버스를 타고 되돌아오는 저녁에 서로의 몸이 스치는 게 어색하게 느껴지지 않으리란 예상도 하지 못했지만, 노상의 봄볕이 뺨에 와 닿는 감촉은 퍽 마음에 들었다.

신혜는 「이웃집 토토로」 캐릭터 열쇠고리가 어깨끈에 끼워진 가방을 열어 납작한 플라스틱 통을 꺼냈다. 통 안에서 붉은색 작은 알약을 한 개 끄집어 내밀었다.

"뭔데? 이거 마약?"

사실은 신혜가 가방에서 꺼낸 통이 휴대용 플라스틱 약통이란 걸 알고 있었다. 약국에서 알레르기 약 서너 갑을 사면서 사은품으로 받은 적이 있었다. 예전에 교실에서 다른 여자아이에게 돌려받던 물건이라는 것도 알았지만 모르는 척했다.

신혜는 울상을 짓더니 "마약, 수면제 아니니까 한 개 먹어 봐." 하고 말했다. 그러곤 한 손으로 내 손바닥을 끌어다 손금 위에 동그란 알약을 올려놓았다.

"자아, 재수생의 체력을 위한 비타민."

어쩐지 이를 드러내고 웃는 얼굴보다 살짝 찡그린 얼굴이 더 귀엽게 보였다.

나는 손바닥 위의 알약을 집어 입안에 넣었다. 달면서도 새큼했다. 씹어 삼키고 나서도 딸기 맛이 잇새에 남았다. 나는 혀끝으로 달콤한 입속을 문지르며 공항으로 가는 버스에 올라탔다.

밤의 얼굴

얼굴 없는 여자를 보았다. 눈, 코, 입이 없는데도 이어폰 줄을 목에 감고 죽은 여자라는 걸 한눈에 알 수 있었다. 그날 밤과 달리 발이 무거워 움직일 수가 없었다. 운동화 바닥이 비닐 장판에 철커덕 달라붙어 아무리 애를 써도 떨어지지 않았다. 여자가 두세 걸음 다가오는 동안 나는 반걸음밖에 물러나지 못했다. 가까이, 더 가까이 다가오는 여자의 얼굴에서 눈과 코와 입과 눈썹이 자라나기 시작했다. 또렷하게 자리 잡은 이목구비는, 그런데 죽은 여자의 것이 아니었다.

누굴까. 누구의 얼굴이지.

나는 운동화 밑창을 장판 바닥에서 떼어 내려 안간힘을 썼다. 얼굴 없는 여자를 마주할 때와는 다른 두려움이 온몸을 사로잡았다.

도망쳐야 해. 더 멀리.

익숙하면서도 낯선 얼굴의 주인이 누구인지 깨닫는 순간, 목구멍 안쪽에서 비명이 터져 나왔다. 아니, 비명을 지르려 했지만 그것은 목구멍 깊숙이 갇혀 바깥으로 빠져나오지 않았다. 소리의 파편들을 몸 안에 가둔 채 나는 사지를 비틀었다. 무릎 아래가 굳어 버린 다리를 잘라 내고 달아나려 했지만, 칼이 보이지 않았다.

칼이 어디 있어. 제발, 칼을 달라고!

토해 낼 수 없는 공포의 끝에서 문득, 이것이 꿈이라는 걸 깨달았다. 꿈이야. 꿈이라고. 전부 꿈이었다고. 아무도, 아무것도, 아무도 아니야. 나는 그저 깊고 차가운 밤으로부터 달아나는 중이었다고.

밤을 보내고 아침을 맞이하는 풍경은 날마다 비슷했다. 식탁 위의 전기 커피메이커 안에는 누나가 내려놓은 커피가 두 잔 분량 남아 있었다. 평일 아침이면 늘 그렇듯 누나는 보이지 않았다. 내가 깨지 않도록 조용히 커피와 달걀 프라이를 먹고 스쿨버스를 타러 나갔을 터였다. 커피메이커 옆에는 식빵이 든 비닐봉지와 블루베리 잼, 땅콩버터가 놓여 있었다. 그냥 냉장고에 넣어 두어도 찾아 먹을 텐데, 누나는 아침에 간단한 샌드위치를 만들어 놓지 않으면 식빵이나 베이글이라도 식탁 위에 올려놓고 집을 나섰다. 아버지를 닮아 매사에 빈틈없는 성격은 유학 와서도 여전했다. 사람들은 사는 곳이 달라지면 사는 방식도 달라지리라 기대하지만, 그것도 아닌 듯했다. 주말 저녁에 누나와 마주 앉아 쌀밥과 불고기와 김치를 먹고 있으면 이곳이 서울인지 뉴욕인지 분간이 되지 않았다. 둘 다 식탁 앞에서 묵묵히 밥만 먹는 습관도 서울에서와 다름없었다. 나는 머그잔에 뜨거운 커피를 한 잔 따르고 커피 메이커 전원을 내렸다.

누나가 사 오는 커피콩에서는 매번 탄내가 났다. 나는 먼저 쓴 커피로 바짝 마른 입안을 축인 뒤 욕실에 들어가 면도를 하고 얼굴을 씻었다. 세면대 위에 걸린 사각 거울 너머로 물이 뚝뚝 떨어지는 젖은 얼굴을 물끄러미 쳐다보았다. 익숙한 머리 모양과 눈과 코와 입이지만 거울에 비친 내 얼굴이 낯설게 느껴지지 않은 적은 없었다. 오히려 눈을 감아도 또렷하게 기억나는 건 타인의 얼굴이었다. 수돗물이 팔을 따라 팔꿈치로 흘러내렸다. 손바닥으로 두 뺨을 탁탁 소리 나게 두드려 보았다. 서울을 떠난 뒤로 눈에 띄게 볼살이 붙어 있었다.

나는 마른 수건으로 팔과 얼굴의 물기를 닦으며 모두 잠을 너무 많이 자기 때문이라고 생각했다. 중학교에 입학한 후로는 하루에 열두 시간 이상을 책상 앞에서 보내야 했다. 떠올려 보면 초등학교 때도 집에서 깨어 있던 시간보단 각종 학원을 전전하며 보낸 시간이 길었다. 이곳에 온 뒤로는 누나가 재학 중인 대학의 부설 어학원에 다녀야 했지만, 서울에서만큼 시간에 쫓기지는 않았다. 수업이 끝나면 워싱턴스퀘어파크에 들러 벤치에 앉아 책을 읽거나 집에 돌아와 과제물인 에세이를 썼다. 봄부터 공원에서 읽기 시작한 영문판 『인 콜드 블러드(In Cold Blood)』도 몇 쪽 남지 않았다.

공원 벤치에 앉아 책을 읽을 때, 지나는 사람들에게 보이는 나는 재수생도 아니고 살인범도 아닐 거였다. 너무 평범해서 눈에 잘 띄지 않는 동양인일 거였다. 그 사실이 무엇보다 마음에 들었다. 한번은, 지난해 재수하지 않고 영문학과에 입학했더라면 지금쯤 평범한 대학생으로 살아가고 있지 않을까, 라는 상상을 해 본 적도 있었다. 그러나 그런 가정은 책 속의 살인범들에게, 방아쇠를 당기지 않았다면 지금 어떻게 살고 있을 것 같으냐고 묻는 거나 마찬가지일 터였다. 무의미했다.

다행히 누나는 내가 어학원 출석만 하면 나머지 시간엔 무얼 하든 상관하지 않았다. 내가 이곳에서 대학에 진학할지 말지 확실하게 결정하지 못했다는 사정을 알면서도 그랬다. 나는 우선 서울에 있는 엄마가 시키는 대로 따르는 시늉만 하고 있었다. 엄마는 내가 거짓말을 하는 데 도가 텄다는 사실을 몰랐다. 나를 멍청이로 알기에 방심했는지도 몰랐다. 영어를 배우러 다니고, 입학 허가를 받기 위해 여기저기 서류를 보내는 일들은 일마간 이곳에서 머물기 위해 지불하는 최소한의 비용이었다. 내가 있을 곳이 어디여야 하는지는 엄마가 결정할 문제가 아니었다. 이다음에 서울에서 다른 사람과 의논할 문제였다. 모든 것을 다 가질 수 있어도 그녀를 데리고 올 수 없다면 이곳은 내가 있을 장소가 아니었다.

수건을 수건걸이에 반듯하게 걸고, 욕실 장에서 애프터셰이브 로션을 꺼냈다. 펌프를 꾹 누르자 분무 액이 얼굴에 뿌려졌다. 그 느낌이 너무 차가웠다. 수돗물이 뺨에 닿는 감촉보다 더 찼다. 속눈썹 끝에 남아 있던 졸음까지 남김없이 달아났다.

만약 예전처럼 잠이 모자라 소변보는 동안이나 양치질하는 짬에도 눈을 감고 있어야 했다면, 욕조에 몸을 담그기만 해도 잠이 들 만큼 졸렸다면, 악몽을 꾸지 않을 텐데. 새 침대에서 벌써 네다섯 번 악몽을 꾸었던가. 모두가 잠이 많아진 탓이었다.

그렇지만 죽은 여자를 만나는 악몽이 괴로운 것만은 아니었다. 엇비슷한 꿈이 반복되다 보니 언제부턴가는 그것이 실재했던 일이 아니라 어느 밤 꿈속에서 엿보았던 일로 여겨졌다. 그날 밤의 일은 내가 겪은 일이 아니었다. 그저 꿈속에서 지켜본 누군가의 일이었다.

그런데 오늘 아침 꿈에서 본 건 죽은 여자가 아니었다. 분명 살아 있는 사람의 얼굴이었고, 때문에 잠에서 깬 뒤에도 불쾌했다. 차가운 칼날이 든 외투 주머니 속에 맨손을 찔러 넣은 기분이었다. 물론 죽은 여자는 아무 짓도 할 수 없고, 아무 말도 지껄일 수 없기에 하나도 두렵지 않았다. 같은 밤, 같은 방에서 다시 마주한다 해도 똑같이 목을 졸라 줄 자신이 있었다. 주름지고 마른 목에 몇 번이고 줄을 감아 줄 자신이 있었다. 그러나 오늘 아침 꿈에서 본 건 죽은 여자가, 아니 내가 죽인 여자가 아니었다. 그것은……

매일 아침 마주하던 얼굴이었다.

부드러운 것이, 오늘 아침에는 필요했다.

분홍 신

봄이 지나고 거짓말이 늘어날수록 신혜와 나는 점점 더 가까워졌다. 하지만 학원에서 우리는 아무 사이도 아니었다. 점심을 같이 먹은 적도 없었다. 신혜도, 나도 남의 눈에 띄는 건 질색이었다. 커플이라고 흘끔거리는 시선을 받기도 싫었다. 학원 수업이 끝난 뒤 각자 정문을 빠져나와 인근 편의점 안에서 만나곤 했다. 신혜와 함께 전동차를 타고 한강을 건너올 때는 아침에 학원으로 향할 때처럼 강물을 오래 들여다보지 않았다. 과외수업을 받아야 하는 날은 환승역에서 헤어졌고, 그렇지 않은 날은 적당한 곳에서 내려 한두 시간 같이 보내다 집으로 돌아왔다.

엄마는 영어 유치원 두 곳 외에도 임대하던 오피스 빌딩을 고시원으로 리모델링하느라 바빴다. 엄마가 식탁 앞에서 휴대전화로 통화하는 걸 우연히 들었더니, 요즘은 경기도 안 좋고 거지들만 늘어 개집도 없어서 못 산다고 했다.

엄마를 처음 속일 때는 불안했지만, 비슷한 일이 반복되면서 오히려 짜릿한 느낌마저 들었다. 엄마가 모든 일을 알게 되면 난리가 날 테고, 너는 나를 실망시켰다고 소리 지를 게 틀림없었다.

좋다, 나는 실망시키고 싶었다. 좀 그러고 싶었다. 어째서 실망시키면 안 된다는 말인가. 엄마와 아버지는 언제나 나를 실망시키는데. 내가 뭘 바라는지는 묻지도, 궁금해하지도 않는데. 물론 얼마 지나지 않아 엄마는 남의 탓부터 하겠지.

우리 아들은 나쁜 친구에게 물든 거다. 집에서 공부만 한 애라 그렇다. 도대체 누가 우리 아들을.

엄마는 원래 그런 식이었다. 대학 때 집회에 한 번 참석했던 누나가 무릎이 깨지고 얼굴에 상처가 난 채 집에 들어온 적이 있었다. 누나는 감추려고 했지만, 엄마는 끝까지 추궁해서 답을 듣고 말았다. 들어 봤자 좋을 일 없는 얘기를 끝끝내 듣고자 하는 심리를 이해할 수 없었다. 엄마는, 누나 말대로라면, "어디서 빨갱이들이 공부밖에 모르는 애를 꼬드겨 가지고!" 하고 악을 썼다고 한다.

감자탕 집에서 젓가락으로 고기를 발라 먹으며 이야기를

듣던 신혜가 말했다.

"그게 네 지옥이라는 거니?"

나는 대답하지 않았다. 휴대용 가스레인지의 푸른 불꽃이 냄비를 쉬지 않고 달궜다. 홀 중앙 테이블에서는 혼자 앉은 남자가 뚝배기 한 그릇을 앞에 놓고 소주를 마시고 있었다. 남자는 이른 더위에 에어컨이 시원찮은 식당에서 뜨거운 국물을 떠먹으며 물수건으로 연신 벌건 얼굴을 닦아 댔다. 나는 그가 스테인리스 젓가락으로 새빨간 깍두기를 집어 먹는 모습을 물끄러미 지켜보았다.

저 남자는 수험생도 재수생도 아닌데 어째서 저렇게 고단한 얼굴을 하고 있을까.

무슨 까닭인지, 눈앞의 지친 얼굴이 먼 훗날의 내 얼굴로 보였다. 나는 형과 같은 얼굴도, 아버지 같은 얼굴도 가질 수 없을 거였다. 빛바랜 체크무늬 셔츠를 입고 안경알을 냅킨으로 문지르는 남자와 같은 얼굴로 늙어 갈 게 분명했다. 모두들 이 시간만 지나면 된다고 말했지만 그 후에 무엇이 올지 미리 보고 싶지는 않았다. 그것은 노인의 입속에서 꺼낸 틀니처럼 흉물스럽고 차가울 테니까.

식당에서 냅킨으로 입 닦지 말랬지. 싸구려라 몸에 나쁘단 말 못 들었어? 물수건도 손대지 마. 물수건에 세균이…….

차가운 목소리는 어느 곳에서든 불쑥불쑥 끼어들었다. 막을 수가 없었다. 그럴 때마다 다디단 목소리, 신혜의 목소리를 듣고 싶었다.

"다들 지옥에 있다고 하지. 모두 너 때문에 내가 지옥에 있다고 욕하는데, 너 역시 지옥에 있다고 아우성을 쳐. 그러면 이게 다 누구 책임일까."

신혜의 말이 무슨 뜻인지 정확히 이해할 수가 없었다. 내가 한 얘기에 동의하는지, 비난하는지조차 알 수 없었다.

감자탕 국물을 한 숟가락 떠먹었다. 국물이 졸아 짰다. 감자탕이 뭔지는 알았지만, 삼계탕도 갈비구이도 아닌 감자탕을 사 먹으러 식당에 들어온 건 난생처음이었다. 입이 짜고 매운 사람은 난데, 플라스틱 컵에 든 얼음물을 마신 사람은 신혜였다.

"모르겠어. 누구 책임인지, 그런 건 묻지도 마. 그런데 난 말이야, 지옥을 얘기하는 이 순간에도 옷에 밴 음식 냄새를 걱정하는 내가 너무 싫어."

나는 말했다.

"걱정하지 마." 신혜는 물을 한 모금 더 마셨다. 쓴 소주라도 마시는 표정이었다. "널 지옥에서 건져 줄 순 없어도, 탈취제를 사줄 순 있어. 뿌리고 좀 걷자. 돼지 냄새가 빠질 거야."

"그래, 그러자."

나는 억지로 웃음을 지었다.

"넌 정말 바보 같아, 강지용."

갑자기 의자에서 일어난 신혜가 손으로 탁자를 짚고 몸을 내 쪽으로 가져왔다. 신혜의 얼굴이 눈앞으로 바짝 다가왔고, 어느 순간 보이지 않았다. 보이지 않아서 나는 눈을 꾹 감았다. 그녀의 양 손바닥이 머리를 감싸 끌어당기는 것을 느끼며 의자에서 엉거주춤하게 일어났다.

처음엔 감자탕 국물의 짭조름한 맛이 느껴졌고, 그다음엔 부드럽고 차가운 것이 입속으로 헤집고 들어왔다. 사람의 혀가 차가울 수도 있구나, 라는 생각이 스쳤다. 그것을 따뜻하게 데워 주고 싶었다. 그래서 세게 빨아 당겼다. 마치 엄마 젖을 빠는 갓난아기처럼.

불현듯, 옆에서 끓고 있던 감자탕 냄비가 걱정이 됐다. 냄비를 잘못 건드리면 국물이 쏟아져 탁자를 짚은 손을 델지도 몰랐다. 하지만 너무 부드러워서 놓아 버릴 수가 없었다. 손을 덴대도 어쩔 수가 없었다. 나는 불 위에서 끓는 냄비를 내버려 두고 달고 부드러운 아랫입술을 핥았다. 학원 옥상에서 아이스바를 빨아 먹는 신혜를 보았던 날부터, 혹시 그날부터 이 순간만을 기다려 왔는지도 모르겠다.

"숨 막혀."

입술을 먼저 뗀 사람은 신혜였다. 그와 동시에 눈을 떴고, 신혜와 눈을 마주칠 수 없어 고개를 숙였다. 불 위에 올린 냄비는 돼지 뼈와 살을 바짝 졸이다 못해 태우기 직전이었다. 신혜가 내 시선을 따라 가스레인지의 점화 손잡이를 돌려 껐다.

"큰일 날 뻔했네." 신혜가 말했다. "우리 밖으로 나가자. 여긴 너무 덥다."

"아직도 엄마가 무섭니?"

복도 맨 끝 방 어둠 속에서 신혜가 물었다. 벽걸이 에어컨에서 찬바람 나오는 소리가 쉭쉭쉭 귀에 거슬릴 만큼 크게 들렸다.

"차라리 나를 아주 포기해 줬으면 좋겠어. 나는, 따라갈 수가 없어."

오른손을 신혜의 겨드랑이로 밀어 넣었다. 그곳의 온도는 내 체온보다 2도쯤 높은 게 분명했다. 너무 따뜻해서 굳어 있던 뇌가 물렁하게 녹아 버릴 것 같았다. 죄를 짓고 있다는 생각도 함께 녹아 버렸다. 따뜻함을 알게 되는 일이, 어른이 되는 일이 반드시 죄는 아닐 거라 믿고 싶었다.

"여름이 지나고 가을이 지나도 달라지지 않을 거야. 합격자 수는 처음부터 정해져 있으니까. 내 위에 있는 새끼들이 몽땅 죽어 없어지지 않는 한 안 돼. 그것들은 잠도 없나, 눈이 빨개서 공부만 하는 것 같아. 머리를 밟고 올라가도 모자랄 판에 더 떨어졌다고. 이러다간 작년에 붙은 학교도 안심할 수가 없어."

"혹시 나 때문이니?"

"모르겠어. 나도 잘 모르겠어. 그렇지만 너를 만나지 않았더라도 안 됐을 거야. 애초부터 난 한참 모자랐어. 처음으로 돌아가도 똑같을 거야. 달라질 게 없다고."

"기대를 받는 느낌이 어떤 건지 난 몰라. 그런 건 받아 보지 못해서. 그게 그렇게 나쁜 거였냐."

신혜가 중얼거렸다.

나는 오늘 저녁 식당에서 혼자 해장국과 소주를 먹던 남자를 보았느냐고 물었다. 신혜는 기억나지 않는다고 했다. 나는 그 남자가 뜨거운 국물을 떠먹으며 왼손으로는 물수건을 쥐고 이마를 닦던 모습에 대해 이야기했다. 깍두기를 씹느라 우물거리던 입과 소주를 입에 털어 넣을 때마다 어김없이 구겨지던 미간, 벌겋게 익은 낯빛에 대해서도 말했다. 마지막으로, 그 얼굴을 보면서 느꼈던 막연한 불안과 두려움까지.

"난 네가 뭣 때문에 미래를 불안해하는지 모르겠어. 뭐가 그렇게 불안해 죽겠는지. 넌 나하곤 다른 사람이야. 말하자면, 차로 사람을 치어 죽여도 인생 종 칠 일은 없다고. 처음부터 가지고 있는 사람은 자기가 뭘 가지고 있는지를 몰라."

"그렇지 않아. 그건 사실이 아니야. 너는 나를 몰라. 나는 아무것도 아니라고."

나도 모르게 도리질을 쳤다.

"알았어, 넌 아무것도 아니야. 아무것도 아니래도 괜찮아. 네가 누구래도."

신혜가 달래듯 내 몸 위로 올라와 오른쪽 어깨에 짧게 입을 맞췄다. 나는 어둠 아래서 꼬물꼬물 움직이는 몸을 달팽이의 발처럼 느린 손길로 쓰다듬었다. 천장의 형광등을 끈 뒤로 이곳이 신혜 친구의 원룸이란 사실을 잊고 있었으나, 얼마 지나지 않아 낯선 동네 한구석에 누워 있다는 자각이 들었다. 어떻게든 불편한 마음을 떼어 놓고 싶었다. 그래서 신혜의 몸 안쪽으로 발을 들여놓았다 빠져나온 후에도 부드러운 몸을 계속 매만졌다.

"강지용, 내 몸속에 들어왔을 때 어떤 느낌이 들었어?"

신혜가 내 얼굴을 내려다보며 물었다. 모르는 영어 단어의 뜻을 물을 때와 비슷한 말투였다.

"잘 모르겠어. 그냥, 따뜻했어. 너무 따뜻해서 다른 건 다 잊어버렸어."

책을 읽거나 동영상을 보면서 오래 상상해 온 것과 많이 달랐다는 말은 하지 않았다. 그러고 보면 감각은 늘 상상보다 넘치거나 모자랐다. 그 느낌은 그녀에게도 말해 주지 않고 혼자만 간직하고 싶었다. 그럴 작정이었다.

"정말?"

몸 위에서 내려간 신혜가 왼팔을 베고 누웠다.

"다음번엔 잊어버리지 않고 자세히 말해 줄게."

내 말에 신혜가 웃음을 터뜨렸고, 나도 따라 웃었다. 나도 웃을 수가 있었다.

"난 그게 어떤 느낌인지 알 수 없잖아. 네가 내 몸속에 들어올 때 어떤 느낌이 드는지 알 수 없으니까. 그래서 궁금했어."

신혜의 가슴을 만지작거리던 오른손을 뻗어 그녀의 손을 움켜잡았다. 어린 새의 겨드랑이같이 보드랍고 말랑말랑하지만 차가운 손이었다. 내 것을 끌어다가 제 몸 안으로 이끌어 주던 작은 손을 오랫동안 잊지 못하리란 예감이 들었다.

"지금 몇 시쯤 됐을까?"

내 목소리가 귀에 설게 들렸다.

"시계 볼까? 불 켤까?"

"아니야. 조금만 더 있을래. 조금만 더."

"더 늦으면 안 되는 거 아니니?"

신혜가 물었다.

휴대전화는 감자탕 집을 나올 때부터 전원이 꺼져 있었다. 전화기를 켜기가 두려웠다. 하지만 오늘은 아무것도 걱정하고 싶지 않았다. 연애질하고 멀쩡하게 대학 가는 것들이 있을 줄 아느냐고, 중학교 때부터 으름장을 놓던 엄마의 목소리는 떠올리고 싶지 않았다. 그냥 연애도 아니고 여자 친구와 잠을 잤다고, 그래서 밤이 깊도록 집에 들어오지 못했다고 말하면 엄마는 뭐라고 할까. 죽는 것도, 아픈 것도, 어느 것도 두렵지 않은데 어째서 엄마만 생각하면 겁이 나는지 알 수 없었다. 그리고 이런 내가 싫었다.

"맥주 한 캔 마실래?"

신혜가 물었다.

"맥주?"

"갈증 나지 않아? 냉장고에 있을걸. 늘 한두 개는 들어 있던데."

솔직히 맥주보단 담배를 입에 물고 싶었다. 그렇지만 남의 자취방에 냄새가 밸까 봐 선뜻 꺼내지 못했다.

"여기 자주 와?"

"가끔. 친구가 새벽 6시까지 알바를 해, 바에서. 어차피 밤엔 빈방이니까 좀 있다 걔 들어오기 전에 나가면 돼." 신혜가 이어서 말했다. "근데 너 술은 마셔 봤어?"

"어, 조금. 맥주만."

"그래? 난 소주가 더 맞더라. 근데 자주 마시진 않아. 술꾼은 싫어. 징그러워." 신혜는 잠시 뜸을 들였다가 말했다. "우리 엄마, 술장사하는 여자야."

뭐라고 대꾸해야 좋을지 몰라서, 신혜의 손가락을 만지던 손길을 멈추었다가 다시 천천히 움직였다. 술집을 하는 사람이나 그런 사람의 가족을 개인적으로 만난 건 처음이었다. 언젠가 엄마는 집 근처 치킨 집 주인을 두고도 "술장사나 하는 것들이 그렇지."라며 욕을 한 적이 있었다. 주인아저씨가 튀기는 닭은 배달시켜 먹어도 말을 섞는 것은 불쾌하게 여겼다.

지난봄, 공항 갔다 돌아오는 길에 영어 유치원 원장인 엄마와 고시 출신 공무원인 아버지, 우리 식구들에 대해 말했던 기억이 스쳤다. 그때 신혜도 뭔가 얘기할 줄 알았으나 가족에 대해서는 한 번도 언급한 적이 없었다. 학원을 마치고 저녁 시간엔 보통 가게 일을 거든다기에 집안이 무슨 장사를 하나 보다 짐작했을 따름이다. 신혜가 나와 다른 방식으로 자라온 아이라는 사실을 눈치 못 챈 건 아니지만, 그래서 더 좋았다면 이상한가.

"사는 게 너무 불안하다고 했지. 네가 살고 있는 집이 지옥이라고 했지. 난 진짜 지옥이 어떤 곳일까 궁금해. 거기는 아직 나도 모르고, 너도 모르는 장소일 거야. 그렇지만 언젠가 내가 가게 될 곳. 넌 아니고 나만. 강지용, 네가 있는 데는 지옥도 아니고 좆도 아냐, 이 바보야."

나는 신혜의 손을 바꿔 쥔 채 침대에서 몸을 반쯤 일으켰다. 그녀의 말이 맞는지도 모르겠단 생각이 들었다. 나는 아무것도 모르고, 실상 내가 어디에 있는지도, 또 어디로 갈지도 모른다. 그래서 지금 신혜의 손을 꼭 잡고 있다. 부드러운 손을 쥐고 있으면 어디로든 데려가 줄 것 같다. 내가 서 있는 곳보단 한 발짝 더 따뜻한 곳으로.

"난 진짜 지옥을 모르지만, 지옥 비슷한 건 들은 적 있는데. 그 얘기 들려줄까?"

반듯하게 등을 대고 누운 신혜의 목소리가 이불 위를 맴돌다 침대 밑으로 숨어들었다. 어느 누구도 엿들어선 안 된다는 듯 나직한 음성이었다. 어쩐지 불길했다. 불길해서 듣지 않겠다고 말하려 했지만 입이 떨어지지 않았다. 들려줄까, 라고 물으면서도 내 대답 따윈 중요치 않은지 신혜는 바로 이야기를 시작했다.

"이건 옛날이야기야. 구두 이야기이기도 하고.

옛날에 예쁜 구두를 갖고 싶어 하는 여자아이가 있었거든. 하지만 엄마에게 새 구두를 사 달라고 하지 못했어. 그런 건 누가 안 된다고 말하지 않아도 그냥 아는 거야, 처음부터.

엄마는 자주 울었어. 울지 않으면 미친 사람처럼 깔깔 웃었지. 우는 엄마가 나은지 웃는 엄마가 나은지 여자아이는 알 수가 없었어. 울거나 웃는 엄마를 볼 때마다 겁이 났을 뿐이야. 집에는 엄마와 여자아이 단둘이었거든.

그날은 엄마가 다른 날 아침보다 좀 더 많이 운 날이었는데, 가겟방에 매일 깔려 있던 이불을 싹 개고 밖에 나가더니 구두를 한 켤레 사 가지고 왔어. 반짝거리는 분홍색 에나멜 구두였어. 은색 똑딱이가 달린. 그렇게 예쁜 구두는 아마 그 때 처음 신어 봤을 거야. 정말 정말 예뻤어."

"어린아이인데, 에나멜 구두를 어떻게 알았지?"

나는 신혜에게 물었다.

"너 진짜 짜증 나는 애구나. 그게 지금 뭐가 중요해. 에나멜 구두란 건 나중에 알게 됐겠지! 좀 더 크고 나서."

"알았어. 알았어. 계속해 봐."

"이상한 걸로 끼어들지 좀 마. 하여튼 구두를 신고 좋아하는 여자아이에게 엄마가 심부름을 시켰어. 비키니 옷장에 걸려 있던 노란 원피스를 입히고, 누런 편지 봉투를 하나 손에 쥐어 주었어. 그리고 시장 입구 복덕방에 갔다 오래. 가게에 올 때마다 꼭 오뎅탕하고 쥐포를 먹다가 나한테 쥐포 쪼가리를 나눠 주던 복덕방 아저씨야.

엄마는 봉투를 주면서 아저씨한테 말하라고 했어. 엄마가 이것밖에 없대요. 더는 죽어도 안 된대요. 외워서 말해 보라고 했고, 여자아이는 똑같이 했어. 엄마는 기분이 좋은지 활짝 웃었어. 활기차 보이기도 했어."

나는 신혜가 "나한테 쥐포 쪼가리를 나눠 주던 복덕방 아저씨야." 하고 말할 적에 또 끼어들려다 말았다.

"스타킹을 신겨 주며 엄마가 작게 말했어. 혼잣말하는 사람처럼. 왜 나만 죽도록 벌어야 해, 개같이. 너도 밥값 할 나이가 됐으니까, 심부름 정도는 할 수 있어야 하잖아? 세상에 공짜가 어딨어.

여자아이는 잘하고 오겠다고 약속하고 가게 문을 열었어. 시장까지 달려가는데 여름 원피스를 입고 있어서 조금 추웠어. 복덕방 문을 열 때는 발이 몹시 아팠지. 가게 유리문을 열고 들어서서야 발뒤꿈치가 까졌다는 걸 알았어. 새 신발이었고, 조금 컸던가 봐. 발보다 큰 새 구두를 신고 뛰다니 멍청했지.

하지만 여자아이는 엄마가 가르쳐 준 말을 잊어버릴까 봐 걱정하느라 아픈 발에 신경 쓸 수가 없었어. 이것밖에 없대요. 더는 죽어도 안 된대요. 그 말을 잊어버릴까 봐 머릿속으로 계속 되풀이하고 있었거든. 복덕방 문을 열고 들어가자마자 잃어버릴세라 봉투를 내밀고, 외운 말부터 내뱉었어. 혼자 소파에 앉아 안경을 끼고 신문을 읽던 아저씨는 봉투를 받아서 안을 들여다보곤 나에게 앉으라고 말했어. 작은 냉장고에 들어 있던 요구르트도 한 병 주었지. 힘든데 먹고 가라고. 또, 여자아이가 달콤한 요구르트를 마시고 나자 노란 원피스가 참 예쁘다고 말하고, 작은 병아리처럼 춤을 춰 보라고 했어. 여자아이는 춤추고 싶지 않았지만, 몸을 조금씩 움직였어. 아저씨는 그런 식으로 춤을 춰서는 안 된다고 화를 냈어.

자, 춤을 춰 봐. 춤을 못 춘다고? 그럼 집에 돌아갈 수 없어. 집에 가고 싶으면, 노란 병아리야, 춤을 춰 봐. 아니지, 그게 아니야. 아니란 말 못 들었어? 내 말 들어. 착한 아이는 어른 말을 들어야지. 너네 엄마도 그렇게 말했잖아.

여자아이는 분홍 신을 신고 춤을 추었어. 뱅글뱅글 돌면서 춤을 추었어. 팔을 들어 올리고, 다리를 들어 올리고, 뱅글뱅글, 아주 오랫동안 추었어. 맞아, 동화에 나오는 분홍 신을 신은 소녀처럼 그렇게 춤을 췄어. 발뒤꿈치가 벗겨져서 구두 속에 피가 고였어.

처음엔 복덕방 안쪽 방에서 추었고, 그다음엔 지물포에서, 또 그다음엔 건재상에서, 약국에서, 멈추지 않고 춤을 췄어. 아주 오랫동안 춤을 추어서 다리가 부러질 것 같았지만, 춤을 춰야 했기에 울 수가 없었어. 여자아이는 그때, 자신이 지옥 비슷한 곳에 있는지도 모르겠단 생각을 하게 된 거야."

나는 분홍 신을 신은 여자아이의 이야기가 계속되려나 싶어 한참 망설이다가 혀로 입술을 축이고 입을 열었다. 입이 너무 말랐다.

"그러면, 그 아인 지금도 춤을 추니?"

"아니. 이젠 분홍 신을 신지 못해. 발이 너무 자라 버렸거든. 여자아이는 더 이상 열한 살이 아니니까. 분홍 신은 누군가 작은 발을 가진 아이에게 또 신겨지겠지."

좁은 방 안에 에어컨 바람이 너무 셌다. 팔에 오스스 소름이 돋았다. 에어컨을 꺼야겠다는 생각이 들었다. 이럴 때는 어떤 말을 하면 좋을까. 이런 것에 대해서는 한 번도 배운 적이 없었다. 책에서 읽은 적도 없었다. 깨어 있는 시간 동안 가장 오래 한 일이 책상 앞에 앉아 있는 일이었는데도 그랬다. 부드러운 손을 쥐고 있는 손바닥 안쪽이 축축했다. 등줄기가 시린데도 손바닥에서는 더운 땀이 배어 나왔다. 내 손에서 땀이 나는 걸, 쥐고 있는 작은 손에게 들키고 싶지 않았다. 이렇게 공포스러운 이야기는 처음이었다. 너무 무서워서 오늘 밤도 내일 밤도 잠이 푹 들지 않을 것 같았다.

나는 아무렇지도 않아, 신혜야.

그녀의 목소리로 옛날이야기를 듣는 편이 나았는지, 아니면 듣지 않는 편이 나았는지 알 수 없었다. 그러다 내가 얼마나 이기적인 인간인지 깨달았다. 지금은, 나는 아무렇지도 않아, 라는 말을 할 때가 아니었다. 지옥에 있는 사람은 내가 아니므로. 여자아이는 내게 지옥의 입구가 어떤 곳인지 들려줬을 따름이다. 그런데 나는 입구에서 새어 나오는 신음만 듣고도 비명을 지르려 했다.

너는 이제 아무렇지도 않아. 괜찮아, 신혜야.

지금은 그렇게 말해 줘야 할 때가 아닐까. 그러나 아무 말도 나오지 않았다. 고개를 돌려 신혜의 눈동자를 볼 용기가 나지 않았다.

어째서 지금 이런 이야길 들려준 거니.

나는 그만 울고 싶었다. 신혜에게서 부드러움을 알게 된 순간처럼 지금 이 고통으로부터 영원히 벗어날 수 없을 것 같았다. 신혜는 달콤한 사과를 건네주고, 내가 그것을 달게 먹고 나자 고통을 알게 하는 사과였다고 속삭인 거다. 하지만 처음부터 알았다 해도 나는 그것을 삼켰겠지. 나는 정말 어린아이였다. 그녀 말대로 아무것도 모르는 바보였다. 그러나, 고통은 실상 사과에서 오는 게 아니라 사과를 건넨 부드러운 손길로부터 온다는 진실만은 알았다.

"내가 싫으니? 싫어졌어?"

신혜가 물었다.

"누가 그런 말을 해."

베개에 등을 대고 기대어 있던 나는 신혜의 머리를 감싸 안고 이불 밑으로 기어들어 갔다. 이불 밑은 그녀의 몸속처럼 부드럽고 안온했다. 나는 껍질을 벗긴 사과 알같이 달고 차가운 입술에 오래 입 맞추었다. 너무 달아서 입술을 뗄 수가 없었다. 과즙처럼 다디단 침을 빨아 먹다가, 어두운 이불 속에서 눈을 뜨고 그녀의 얼굴을 더듬었다.

"우리 같이, 따뜻한 곳으로 달아나자."

*

겨울이 다가오면서 물빛은 기이하게 더욱 흐리고 깊어 보였다. 강물을 손바닥으로 한 움큼 떠서 닦으면 얼굴에 까만 물이 들 것 같았다. 신혜와 함께 학원을 다니던 때와 달리 요즘은 매일 오후 혼자 전동차를 타고 한강을 넘어왔다. 신혜의 얼굴을 매일 볼 수 없게 된 지 오래였다. 신혜의 이보니 놀이, 이보니 행세가 끝난 것도 한참 전이었다. 이보니는 학원에 등록하지 않았고, 신혜도 여름이 지나면서 2년제 대학으로 진로를 잡았다. 신혜가 시간제로 아르바이트하는 초밥집이나 카페 근처에 들르면 잠깐 얼굴을 볼 수 있긴 했지만, 그마저도 쉬운 일이 아니었다. 그래서 나는 억지 금연을 하는 남자처럼 불안하고 갈증이 났다. 견딜 수가 없었다.

엄마는 유치원 원장실에서도, 호텔 레스토랑에서도, 빌딩 공사 현장에서도 틈만 나면 전화를 걸어 내가 있어야 할 자리에 있는지 확인했다. 과목별 과외 선생들에게도 자주 전화를 걸어 체크하고, 시험에 관해 조언을 구했다. 엄마가 원하는 대학의 정시 모집 기간이 다가오면서부터는 거의 병적이었다. 남편의 휴대전화와 지갑을 수시로 뒤지고 닦달하는 의부증 환자가 저럴까 싶었다. 모의고사 점수를 봐선 진작 글렀다는 걸 알면서도 과외 선생들은 엄마의 희망을 굳이 꺾지 않았다.

"점쟁이도 이왕이면 좋은 점괘를 내놓아야 복채를 더 받는다는 걸 아는 거지."

내 얘기를 전해 들은 신혜는 그렇게 말했다.

엄마는 이기적인 사람이라 남들에게 일어나지 않는 기적이 자신에겐 쉽게 일어날 거라 기대하는지도 몰랐다. 엄마는 우리 가족이 특별한 클래스로 태어났고, 앞으로도 그렇게 살아가리라 믿어 의심치 않았다. 특별한 사람이 못 되는 나는 그러지 못해 불안했지만, 미안하지는 않았다. 낳아 달라고 애원한 기억이 없기 때문이었다. 한 번쯤은 평범하다는 게 어째서 죄가 되는지 엄마에게 묻고 싶었다. 그러면서도 나 역시 때때로 기적을 상상했다. 기적이 온다면 거절하고 싶지 않았다. 기적을 가장 바라는 사람은 나일지도 몰랐다. 똑같은 실패를 반복해서 겪고 싶지 않았다.

그런데 모두가 기적을 기도한다면 불운은 누구 몫일까. 궁금했다.

겨울이 다가오면서는 시험 치는 꿈을 전보다 자주 꿨다. 꿈속에선 매번 답안을 밀려 썼고, 문제지를 반도 못 읽었는데 종료 종이 울렸다. 유니폼 비슷한 치마 정장을 입은 감독관은 일그러진 얼굴로 나를 향해 걸어왔다. 감독관은 입을 벌리지도 않았지만, 복화술사의 음성처럼 재촉하는 소리가 머릿속으로 들어와 박혔다. 꿈속에서는 전부 꿈이라는 사실을 알지 못해 안달했다.

"우리 같이 도망 나올까? 집에서. 너도 집이 싫다고 했잖아."

도어록 비밀번호 1307, 좁고 어두운 방에서 나는 신혜에게 물었다. 복도 끝 작은 방에 들어온 건 근 삼 주 만이었다.

"네가? 네가 그럴 수 있어? 난 그럴 수 있어도, 넌 그렇게 못 살아. 네가 창문도 없는 방에서 살 수 있겠니, 월세 20만 원짜리 방에서?"

"살 수 있다면?"

"거짓말 마. 넌 엄마 없이 아무것도 못하는 애잖아."

그 말을 듣고 신혜의 어깨를 밀쳤다. 그렇지만 말도 안 되는 소리라고 화낼 수는 없었다. 20만 원을 주고 살 수 있는 방은 도대체 어떤 곳일까. 언젠가 엄마가 통화 중 말하던 '개집'이 떠올랐다. 그런 곳은 장마에 빗물이 스며드는 지하 방일까, 아니면 장판 밑엔 바퀴벌레가 열을 지어 가고 전등갓엔 나방이 까맣게 달라붙은 달동네 쪽방일까. 그런 방에선 사막에서 노숙하는 탐험가처럼 등산용 침낭 안에 들어가 잠을 자야 하나. 달빛이 가까워 잠이 잘 오지 않을까.

신혜가 없으면 안 되지만, 더러운 것은 싫었다. 더러운 걸 손에 묻히는 건 싫었다. 분명 참을 수 없을 거였다.

그래, 맞다. 신혜는

나보다 나를 더 잘 아는 사람이었다.

침대 맞은편 텔레비전에서는 애니메이션 「심슨 가족」 시리즈가 흘러나왔다. 신혜는 방에 들어올 때마다 텔레비전 밑 서랍장을 뒤져 「심슨 가족」 DVD를 틀었다. 움츠러든 작은 젖꼭지를 입안에 넣어 혀로 굴리고 있을 때도 마지 심슨의 쉿소리가 귓가를 울렸다. 한번은 만화를 끄면 안 되느냐고 묻기도 했으나, 신혜는 싫다고 우겼다. 그걸 틀어 놓지 않으면 왠지 불안하다고 했다.

나는 텔레비전에서 흘러나오는 소음을 들으며 신혜의 몸 위로 올라갔다. 어서 축축하고 따뜻한 물속에 몸을 담그고 싶었다. 머리부터 발끝까지 담그고 천천히 오래 헤엄치고 싶었다. 그러면 무엇도 나를 불안하게 하지 못할 거였다. 아무도, 어느 것도.

신혜의 좁은 몸 안으로 멀리, 좀 더 멀리 발을 들이밀었다. 발을 깊숙이 들여놓을수록 더웠다. 신혜도 지금 나처럼 따뜻함을 느낄까. 그 순간, 내 몸 안에 고여 있던 고름이 왈칵 쏟아져 나오는 느낌이 들었다. 한겨울 뜨거운 욕조 안에 언 몸을 담글 때처럼 몸이 확 풀렸다. 온몸이 물 위로 떠오르는 기분이었다. 안온함과 함께, 지난여름 어느 날 그녀가 속삭였던 말이 머릿속을 부유했다.

악을 없앨 방법은 악밖에 없을까.

그때 나는 뭐라고 대답해 줬어야 할까. 그렇다고? 아니라고? 나는 아무것도 모르겠다고?

마녀가 사는 집에서 달아날 수 없다고 그날 신혜는 말했다. 예전에도 달아날 수 없었고, 앞으로도 그럴 거라고. 이유가 뭐냐고 물었더니 오래 뜸을 들이다 내 손을 끌어당겨 깍지를 끼고 이야기해 주었다.

그녀가 중학교에 입학할 무렵 형편이 나아진 엄마는 가게를 늘려 옮겼고, 술집 단골손님이던 네 살 연하의 여행 가이드와 살림을 합쳤다고 한다. 그는 어린 딸과 함께 신혜네 집으로 들어왔다.

"그 애가 올해 열한 살이야. 내가 없으면 그 애한테 무슨 일이 생길지 몰라. 겨우 열한 살인데."

그날도 침대 건너편에선 심슨 가족의 목소리가 울려 댔다. 아주 소란스러운 가족이었다. 나는 신혜 옆에서 그걸 건너다보곤 했지만, 재미있지 않았다. 그런 가족은 이 세상에 존재하지 않기 때문이었다. 그들은 고작 네모난 텔레비전 속에서나 말하고 움직이는 가족이었다.

"새아버진 좋은 사람이었어. 여행 가 본 나라도 많고, 사람을 기분 좋게 해 주는 일이 직업인 사람이었어. 엄마하곤 어울리지가 않았어. 그래서 난 새아버질 좋아했어. 나한테도 아버지가 생겨서 정말 좋았어."

"아버지 얘긴 한 번도 안 해서 그냥 없는 줄 알았어. 새아버지도."

"으응, 맞아. 없어. 음…… 재작년에 교통사고로 죽었거든, 국도에서. 동생은 병든 닭처럼 기가 죽어서 방구석에 틀어박혀 있어. 왜 그런지 매일 배가 아프다고 해. 데려가겠다는 친척도 없고, 친엄마는 연락도 안 돼. 엄마가 내쫓아 버리겠다고 난리인데, 내가 억지로 막고 있어. 사망 보험금이 있을 텐데 어떻게 됐는진 나도 몰라."

신혜가 꿀꺽, 침을 삼키는 소리가 작게 들렸다.

"보험금만 있으면 되는데, 그것만 있음 다 해결되는데……. 친동생은 아니지만, 그 앤 나처럼 살지 않았으면 좋겠어. 우린 한편이니까. 걔는 말이야…… 나를 너무 많이 닮았어. 꼭 쌍둥이처럼."

신혜는 2년제 대학을 선택한 이유 중 하나가 동생이라고 했다. 얼른 직장을 구해서 어린 동생과 둘이 살고 싶다고. 집에서 뛰쳐나오고 싶지만, 맨몸으로 나와서 레스토랑 서빙이나 사무실 아르바이트를 해 가지곤 둘이 같이 굶어 죽을 거라고 말했다. 새아버지가 죽고 나서 가출을 두어 번 했다 도로 들어왔다는 말도 아무렇지 않게 했다. 나는 깍지 낀 조그마한 손을 꽉 움켜쥐었다.

"엄마를 못 견뎌서 가출했더니, 바깥엔 엄마를 닮은 인간들이 또 있더라고. 여러 명과 싸우느니 차라리 집에 들어와

한 명과 싸우는 쪽이 낫다고 생각했어. 뭣보다 난 말이야, 엄마가 늙어 비틀어져 죽는 모습을 보고 싶어, 정말로. 난 매사에 끝을 보는 편이거든. 눈앞에서 순순히 사라져 주진 못하겠어. 받은 걸 되돌려주지 않고는."

말끝에 신혜는 낮게 웃었다. 그리고 잠시 잊었다 떠올린 말을 흘리듯 덧붙였다.

"넌 이해 못 할 거야. 이해 같은 건 바라지도 않아."

신혜가 자주 하는 말이었다. 넌 이해 못 할 거야. 네가 어떻게 이해하겠니. 그 말만큼 듣기 싫은 소리도 없었다. 들을 때마다 맥이 빠졌다. 그렇지 않아. 이해할 수 있어. 너를 이해하는 유일한 사람이 될게. 그렇지만 완강하게 다문 입술을 보면 말이 쉽게 나오지 않았다. 그래서 대신 어둡고 좁고 축축한 상처를 입으로 오래 핥아 주곤 했다.

"너무 늦지 않았어? 택시 타고 들어가도 간당간당할 것 같은데. 얼른 옷부터 입어."

신혜가 욕실에 들어간 사이 담배를 물고 이런저런 생각에 잠겨 있던 나를 그녀가 재촉했다. 감고 있던 눈꺼풀을 들어올리자 욕실에서 속옷 위에 인디언핑크색 스웨터까지 걸치고 나온 신혜의 모습이 눈에 들어왔다. 스웨터 아래로 드러난 흰 다리가 너무 가늘었다. 누가 무릎을 툭 건드리면 다리가 꺾여 넘어질 것 같았다.

"우리 내년엔 어떻게 살고 있을까? 지금하고 많이 달라져 있을까?"

반쯤 태운 담배를 빈 일회용 도시락 용기에 눌러 끄고 신혜에게 물었다.

"몰라. 재수생은 아니겠지. 대학생이거나 삼수생이거나."

그 말에 피식 웃음이 났다.

"대학생이 되면 나를 잊어버릴지도 몰라."

신혜가 또 말했다.

"내가?"

"응."

"말도 안 돼."

"그래도 슬퍼하지 않을래."

"왜 그런 생각을 하니, 말도 안 되는."

나는 커튼을 들추고 한 뼘쯤 열어 둔 창문을 닫아 잠갔다. 신혜는 그제야 DVD 플레이어 전원을 껐다. 그리고 내가 텔레비전 위에 놓아둔 반지갑 안에서 만 원짜리 두 장을 꺼내 서랍장 위에 올려놓았다. 신혜는 이 방을 나갈 때마다 꼭 지폐를 두 장씩 얹어 '스타벅스' 에스프레소 잔으로 눌러놓았다. 처음 그 모습을 보고 의아해 물었더니, 신혜는 말했다.

"세상에 공짜가 어딨어. 아무리 친구래도."

세상에 공짜가 어딨어. 어디선가 들어 본 말이었다. 어디서

들은 말이더라. 어디서. 누구에게.

그날 집으로 돌아오는 버스 안에서야 나는 간신히 기억을 끄집어냈다. 그건 바로 신혜가 분홍 신을 신은 날, 그녀 엄마가 내뱉은 말이었다.

셰리와 테리

노트북을 켜고 토르 브라우저 창을 열었다. 손가락에 익은 트위터 계정을 자판에 두드리자 「심슨 가족」 시리즈에 등장하는 셰리와 테리 쌍둥이가 보였다. 신혜가 어째서 심슨 가족이 아니라 바트 심슨과 같은 반인 보라색 쌍둥이 자매를 프로필 사진 대신 넣어 놓았는지는 물어보지 못했다. 궁금하지만 오늘 물어보지 못하는 것들, 서울에 돌아가 물어봐야 할 것들의 목록이 너무 길었다. 떨어져 지내는 시간이 길어지면 길어질수록 목록도 따라서 길어졌다.

장마.

짧은 멘션 옆에 압축된 웹 주소를 클릭해 보았다. 장대비가 떨어지는 놀이터 풍경이었다. 알록달록한 정글짐 아래 모래 바닥은 빗줄기에 듬성듬성 패어 있었다. 봄에 이사했다는 아파트 단지 놀이터일까. 비가 쏟아지는 날이라 그네 앞에도 정글짐 위에도 아이들이 보이지 않았다.

나는 사진을 모니터에 띄워 놓은 채 식은 커피를 한 모금 마셨다. 땅콩버터 바른 식빵도 베어 먹었다. 커피에서는 오늘도 탄내가 났다.

노트북 창의 오른쪽 아래 바는 9시 38분을 가리키고 있었다. 서울 시각 밤 9시 38분, 뉴욕 시각 아침 7시 38분. 노트북은 뉴욕에 와 있지만, 그 안의 시간은 서울에서와 똑같이 흘렀다. 뉴욕에 도착한 뒤로 노트북 시계를 새로 맞춘 적도 없고, 그럴 필요도 느끼지 못했다. 신혜가 있는 곳이 서울이고, 나는 곧 그곳으로 돌아갈 테니.

당장 신혜를 만나러 출발한다 하더라도 허공을 건너기 위해 열네 시간이 필요했다. 하지만 내가 잠자리에 들 무렵 그녀가 깨어난다고 해도 우리는 그렇게 멀리 있지 않았다. 나는 이곳에 앉아서도 신입생이 다니는 대학 교정의 봄꽃을 보았고, 아파트 12층으로 이사 갈 적엔 낡은 살림을 싹 버려서 포장 이사를 할 필요가 없었다는 시시콜콜한 일상까지 읽었다. 금색 실과 분홍색 실이 섞인 화려한 재킷을 입은 신혜가 밤의 카페에서 찍은 사진도 본 적이 있었다. 모두 독사진이었다. 그녀 역시 몸에 달아 온 습관들을 한꺼번에 털어 버리진 못한 모양이었다.

내 귀에 부드러운 목소리로 들려줄 순 없다 해도, 신혜는 자신의 일상을 이틀에 한 번꼴로 트위터에 남겼다. 뉴욕의 누군가가 '셰리와 테리'란 닉네임의 트위터 계정에 들어간다 해도 자취는 남지 않았다. 나는 속도가 조금 느리더라도 반드시 프록시 프로그램으로 우회해서 계정에 접근했다. 지금까지 목을 조른 손을 찾는 한가한 자는 없겠지만, 혹시라도 IP 주소를 남기는 일은 피하는 편이 안전했다. 뉴욕에 있는 강지용이 민신혜의 트위터 계정을 주기적으로 읽어야 할 이유는 어디에도 없었다.

이젠 지옥에 있지 않지, 신혜야. 그 앞에서 분홍 신을 신고 춤추는 일은 너에게도 네 동생에게도 없어.

나는 보라색 쌍둥이 그림이 떠 있는 창을 닫고, 내 개인 블로그에 로그인했다. 일주일에 한두 번 일기 비슷한 글을 올리는 공간이었다. 블로그는 4년 전에 만들었지만, 공개 글을 적기 시작한 건 뉴욕에 도착한 뒤부터였다. 신혜도 나처럼 궁금할 때마다 이곳 주소를 열어 내가 남긴 글을 읽을 거였다. 신혜와 전화 통화를 한 적은 한 번도 없었지만, 그럴 거라고 확신했다. 이곳은 알려 줄 일이 생길 때 암시하는 글을 남기기로 약속한 공간이기도 했다.

아마 이곳에 도착한 지 한 달이 지나지 않았을 때였을 거다. 하루는 블로그에 이런 글을 올린 적이 있었다.

뉴욕에서 감자탕이 생각나면 어디로 가야 하나.

다음 날 아침 신혜의 트위터 계정을 열어 보았더니 이런 멘션이 적혀 있었다.

산다던 탈취제는 안 사고 에스프레소 커피만 사 왔네.

나는 그 글을 읽고 혼자 웃음을 지었다. 신혜도 작년 여름 감자탕 집에서의 밤을 기억하는구나, 하고. 어느 누구도 밀어를 나눈다는 사실을 모르겠지만, 우리는 각자의 방에서 톡톡 창을 두드리고 톡톡 대답했다. 독방에 갇힌 죄수가 벽을 두드리며 모스 부호로 대화를 나누듯이. 그리고 어느덧 새로운 여름이었다.

부주의한 속삭임

크리스마스이브는 완전히 망쳤다. 정시 모집 원서 접수 마감일이 12월 24일이기 때문이었다.

한 번 떨어져 보고도 또 떨어질 게 뻔한 대학에 지원서를 넣는 일이었다. 지원서가 무엇을 증명하게 될지는 보지 않아도 알 수 있었다. 나를 KO 시킬 게 틀림없는 거인과 권투경기를 앞두고 어깨동무 자세로 사진을 찍는 기분이었다. 겁먹은 걸 애써 숨겨도 파랗게 질린 낯빛과 불안하게 흔들리는 눈동자까지 감출 수는 없을 거였다. 훈련을 한다고 했지만 상대 선수인 챔피언은 너무 강해 보인다. 나는 피투성이가 된 채 다리를 후들거리다 나가떨어질 게 뻔하다. 지켜보던 관중들은 하나같이 나를 비웃겠지. 처음부터 질 줄 알았다고.

시험을 치고 집에 돌아온 저녁부터 텔레비전 뉴스에서는 올해 수능 점수가 예년보다 올라갈 거라고 떠들어 댔다. 나는 인터넷 뉴스가 보기 싫어 컴퓨터도 자주 켜지 않았다. 작년에는 올해보다 더 나은 점수를 받고도 떨어졌는데, 그런데도 엄마는 엄마가 원하는 대학만 고집했다. 기도를 열심히 했으니 홍해가 갈라지듯 내가 지원하는 학과만 지원자들이 쫙 빠져나가리라 믿는 건가. 그렇지 않으면 삼수도, 사수도 아랑곳없다는 배짱인가. 모를 노릇이었다.

나는 마감일까지 미루고 미루다가 늦은 점심을 먹고 인터넷으로 원서 접수를 마쳤다. 현관문을 열고 마당으로 나가자 싸락눈이 내리기 시작했다. 일기예보대로라면 화이트 크리스마스가 될 모양이었다. 버스를 탄 뒤에도 부슬부슬 내리는 눈은 멈추지 않았다. 저녁이 되려면 멀었는데 답답할 만큼 차가 밀렸다.

백화점은 외벽과 출입구부터 크리스마스 장식으로 요란했다. 어쩐지 나 같은 사람은 출입을 금지당할 듯한 분위기였다. 딱딱한 가방을 어깨에 멘 중년 여자가 가방 모서리로 내 등을 세게 치고는 휙 지나가 버렸다. 선물을 사러 온 쇼핑객들로 출입구가 북적여 항의 한마디 못 하고 놓쳐 버렸다.

누가 멀쩡히 지나가는 사람을 건드려. 내가 어려서 만만해 보이지. 파마 대가리를 쥐고 넓적한 면상부터 족발까지 운동화로 차고 밟아 줄까 보다. 그렇지만 오늘은 원서를 넣은 날이니 참아 주는 거야. 크리스마스이브라서가 아니야. 짜증 나는 일이 더 생기는 건 원치 않으니까. 기분 나쁜 일은 충분하니까.

나는 미간을 찌푸리며 어금니를 악물었다. 오늘 같은 날은 돼지를 포크로 찔러 잡으래도 잡을 수 있을 것 같은 기분이었다.

출입구를 통과해 안으로 들어가자마자 구두 매장을 찾았다. 먼저 1층에 위치한 명품 매장에서 몇 가지 디자인을 훑어보고, 곧이어 다른 층에 위치한 매장으로 옮겨 갔다. 엄마가 즐겨 신는 브랜드의 겨울 부츠는 너무 비쌌다. 나는 인터넷 검색으로 알아 둔 구두 브랜드 매장에 들어가 초콜릿 빛깔의 소가죽 부츠 한 켤레를 골랐다. 크리스마스 선물로 뭐가 좋을지 궁리했을 때, 가장 먼저 떠오른 물건이었다. 신혜의 발에 꼭 맞는 따뜻한 부츠를 신겨 주고 싶었다.

나는 등에 멘 백팩을 열고 만 원짜리가 차곡차곡 포개져 있는 두툼한 종이봉투를 꺼냈다. 가죽 부츠 가격만큼의 개수를 찬찬히 세어 보고 계산대 위에 올려놓았다.

"전부 현금으로 계산하시겠습니까?"

계산대 앞에 선 점원이 물었다. 여자 구두 매장이라 점원과 말을 나누는 것도, 눈이 마주치는 것도 다 불편했다.

"예."

"현금 영수증 필요하세요?"

"아뇨. 됐어요."

이로써 아이패드는 크리스마스 선물과 맞바꿔졌다.

나는 부자면서 가난했다. 사실이 그랬다. 지갑 안에 끼워져 있는 엄마 명의의 신용카드는 마음대로 쓸 수가 없었다. 엄마는 돈을 쓰고 싶은 대로 얼마든지 쓰라고 말했지만, 월말 카드 명세서만은 아주 꼼꼼하게 읽었다. 십자말풀이, 숨은그림찾기라도 그렇게 골똘히 들여다보지 않을 거였다. 그러고는 나를 소파 옆에 세워 놓고 의문점이 있을 때마다 확인했다. 학원 앞 편의점이나 분식집에서 사 먹는 건 괜찮아도 커피숍이나 주점 상호가 찍히면 곤란했다. 재수생에겐 커피나 술을 마시면서 노닥거릴 시간 따위가 있을 수 없었다.

신혜를 만나면서부터는 할 수 없이 참고서나 운동화를 사서 학원 애들에게 팔기도 하고, 갖은 꾀를 짜내 현금을 만들어야 했다. 크리스마스 선물로 구두를 생각해 놓고는 아이패드를 사서 휴학생 형에게 박스도 안 뜯은 채 넘겼다. 나중에 엄마가 물어보면 지하철에 놓고 내렸다고 거짓말할 작정이었다.

나는 백화점 쇼핑백을 옆에 내려놓고 지하철역 안 간이 의자에 앉아서 신혜를 기다렸다. 신혜가 아르바이트하는 초밥집 인근 역이었다.

차갑고 딱딱한 플라스틱 의자에 앉아 20여 분을 기다렸을까, 낯익은 카키색 야상 점퍼가 계단을 내려오는 모습이 눈에 들어왔다. 서류 가방을 손에 든 양복 차림의 남자와 교복 위에 비슷한 디자인의 점퍼를 걸친 여학생이 시야를 가리고 있었지만, 한눈에 알아볼 수 있었다. 나는 아델의 목소리가 흘러나오는 이어폰을 서둘러 빼 점퍼 주머니에 넣었다. 신혜는 숨이 차서 헐떡이면서도 나를 발견하고 웃었다. 나도 손을 흔들고는, 그녀가 손에 든 작은 쇼핑백을 쳐다보았다.

신혜는 나를 위해 뭘 준비했을까. 궁금했다. 나는 실망하는 데 익숙한 사람이지만, 아무것도 받지 못할까 봐 두려웠다.

"또 알바하러 가야 해. 미안. 빨리 나오려고 했는데, 오늘은 사람이 장난 아니게 많았어. 일찍 나올 수가 없었어."

신혜가 숨을 고르며 말했다. 오늘은 초밥 집도 카페도 바쁜 날이라 자정 가까이까지 일해야 한다는 얘기는 벌써 들어서 알고 있었다.

"카페까지 같이 갈까?"

"아냐. 그러지 마. 겨우 두 정거장인데, 뭐. 카페 앞에서 너 돌아가는 거 보면 마음이 더 안 좋단 말이야. 참, 원서는 다 썼어?"

"어."

나는 하고 싶은 말도 제대로 꺼내지 못한 채 벙어리장갑을 낀 손에 쇼핑백을 들려 주었다.

"해피 크리스마스."

내 말에 신혜도 웃으며 같은 인사를 돌려주었으나, 그녀의 목소리는 전동차가 승강장에 들어오는 소리에 반쯤 지워졌다. 내가 타고 갈 전동차가 아니라 신혜가 일하는 동네로 향하는 열차였다. 전동차가 너무 일찍 왔다.

신혜는 산타와 루돌프가 그려진 빨간 쇼핑백을 내밀고 주춤거리다, 승객으로 가득 찬 전동차에 올라탔다. 그리고 전동차 문이 닫히기 전, 안전선을 밟고 서 있던 내게 소리쳤다.

"강지용, 나 크리스마스 선물 처음 받는 거야."

신혜가 외치는 소리를 듣고 뭐라고 대꾸했지만, 출입문이 닫히고 전동차가 떠나는 바람에 내 목소리는 자취도 없이 날아가 버리고 말았다.

중요하진 않았다. 중요한 말은 아니었다. 출발하는 전동차 유리창을 통해 나를 쳐다보던 승객들의 시선도 중요하지 않았다.

신혜를 태운 열차가 떠난 후, 반대편에서 전동차가 다가오는 것을 알리는 방송이 뒤따라 흘러나왔다. 나는 열차를 기다리지 않고, 플라스틱 의자에 다시 앉았다. 의자에 아직 온기가 남아 있었다. 쇼핑백 안에 든 네모난 박스의 포장을 벗기자 포장지 안쪽에 끼워 넣은 붉은 봉투의 카드와 함께 이어폰이 나왔다. 나는 이어폰이 든 박스를 무릎에 올려놓고 봉투를 뜯었다.

메리 크리스마스。 해피 뉴 이어。

카드의 글귀는 딱 한 줄이었다. 날짜도 서명도 적혀 있지 않았다. 반듯하고 동글동글한 글씨였다. 신혜의 글씨체가 이랬던가.

까닭은 알 수 없으나 해피 뉴 이어, 라는 인사가 어쩐지 슬프게 느껴졌다.

박스를 손으로 뜯어 이어폰을 꺼냈다. 점퍼 주머니 속의 아이팟 터치를 꺼내 낡은 이어폰을 빼고 새것과 연결해 보았다. 잘 맞았다. 나는 빈 박스와 쇼핑백을 눌러 접어 백팩 안에 넣었다. 올 크리스마스를 완전히 망쳤다는 건 분명 잘못된 생각이었다.

그래, 신혜야, 메리 크리스마스.

이런 느낌이 행복, 맞지?

나는 새 이어폰을 귀에 꽂고, 집으로 돌아가는 동안 어떤 노래를 들으면 좋을까 궁리하기 시작했다.

*

크리스마스이브가 막 지나가던 순간이었다. 노트북 창 아래쪽 바의 시계는 밤 11시 52분을 알리고 있었다. 나는 전화벨과 함께 휴대전화 창에 뜬 낯선 숫자를 보고 혹시 신혜가 아닐까 해서 서둘러 받았다. 신혜가 카페 아르바이트를 마칠 시간쯤이었다.

역시 신혜가 맞았다. 여느 날처럼 공중전화로 연락을 해 온 거였다. 학원에서 매일 얼굴을 볼 때는 전화를 할 일이 거의 없었고, 신혜가 학원을 그만둔 뒤로는 꼭 필요할 때만 서로 공중전화를 이용했다. 내 휴대전화가 엄마 명의로 되어 있어서 주의를 해야 했다. 엄마는 언제든 의심이 들면 아들의 휴대전화 내역서를 뽑아 보고도 남을 사람이었다.

성탄 인사를 건네려나 보다 했는데, 이상했다. 이름을 부르는 목소리에 기운이 하나도 없었다. 나는 휴대전화에 귀를 바짝 댔다.

"무슨 일이야, 신혜야. 목소리가 잘 안 들려."

작고 얄팍한 휴대전화로 내 이름이 들릴 듯 말 듯 건너왔다. 나는 창문에 반만 드리워진 커튼 너머를 내다보았다. 어둠 속으로 희끗희끗한 눈발이 날렸다. 밤이 깊어지면서 싸락눈이 몸을 불린 모양이었다. 언제나처럼 마당 위로 눈이 쌓이는 소리는 들리지 않았다. 눈으로 확인하기 전에는 알 수 없는 것들. 겨울은 감추고 있는 게 너무 많았다. 나는 겨울을 좋아하지 않았다.

"지금 어디니?"

예감이 안 좋았다. 그래서 말이 뒤따라 나오지 않았다.

"이제 집에 가려고."

대답을 짧게 내뱉는 목이 반쯤 잠겨 있었다. 전에도 전화를 걸어온 지하철역 안의 공중전화 부스일까.

"무슨 일인지 말해 봐."

낮게 흐느끼는 소리가 들렸다. 이제까지 신혜가 우는 모습을 본 적은 한 번도 없었다. 우는 소리를 들은 적도.

"내가 그리로 갈까, 지금?"

"아냐, 그럴 필요 없어." 조금 전보다 더 축축하게 잠긴 음성이었다. "그러지 마. 너 지금 나올 수 없잖아."

나는 다시 노트북 창의 시계를 내려다보았다. 엄마와 아버지는 교회에서 아직 돌아오지 않았다. 엄마는 내 합격을 기도하고 있을지도 몰랐다.

"괜찮아. 나갈 수 있어. 택시 타고 갈게."

"됐어. 그냥, 목소릴 듣고 싶었어. 나도 집에 들어갈 거야. 빨리 가야 해. 동생이 울고 있어."

"동생이?"

"응. 우는 소리가 계속 들리는데 내가 할 수 있는 게 없어. 미친년, 가만 안 놔둘 거야."

나는 반복해서 신혜의 이름을 불렀다. 아무 소리도 들리지 않았다. 전화는 이미 끊어져 있었다. 신혜가 가만 안 놔두겠다는 '미친년'이 누군지는 물을 필요도 없었다.

무슨 일이 벌어지는 건 아닌지 불안했다. 택시를 타고 지하철역으로 가 볼까, 하고 망설이다가 책상 옆에 던져 놓았던 백팩을 메고 현관을 나섰다. 택시가 가끔 오가는 길가로 달려 나왔지만, 흰 눈이 얇게 깔린 거리 위에 택시는 좀처럼 눈에 띄지 않았다. 나는 광화문 방향으로 바삐 걸음을 옮기다가 예전에 사용했던 공중전화 부스 안으로 들어갔다. 신호가 길게 울리는데도 신혜는 전화를 받지 않았다. 목소리를 들을 수 없어 불안했다. 아직도 거기 있을까. 신혜가 사는 동네는 알았지만, 집 앞까지 같이 가 본 적은 없었다. 이런 때 다른 사람들은, 어른들이라면 어떻게 할까.

짐작한 대로 자정이 훨씬 넘은 지하철역 안에서 신혜의 모습을 발견할 수는 없었다. 몸을 잔뜩 웅크린 남자가 비틀거리는 걸음으로 출입구를 배회하고 있을 뿐이었다. 신혜가 분명 없으리라고, 급하게 계단을 내려가 막차에 올라탔으리라고 짐작하면서도 여기까지 달려온 까닭이 뭘까. 그냥 집에 있지 못한 까닭이 뭘까.

택시를 타고 집으로 돌아가려 했지만, 역 앞에서 집까지의 거리가 가까운 편이라 그런지 간신히 잡은 택시마저도 다들 승차 거부를 했다. 나는 외투 주머니에 두 손을 찔러 넣은 채 걷기 시작했다. 갑자기 눈발이 눈꺼풀을 비집고 들어왔다. 오른손을 주머니에서 빼 눈가를 비볐다. 눈동자가 차가웠다. 눈자위를 비비고 차가운 것이 들어간 눈을 깜박이자 눈물이 찔끔 나왔다. 크리스마스 새벽, 대목이라 그들도 어쩔 수 없으리라 생각하기로 했다. 그렇게 생각하지 않으면 견디지 못할 것 같았다. 눈을 맞으며 집까지 걸어오는 길이 춥고 고단한 탓은 아니었다. 신혜를 지옥에서 구하기는커녕, 어둠 속에서 집으로 돌아가는 택시조차 잡지 못하는 나 자신이 한심해 견딜 수가 없었다.

아니다. 잘못됐다. 나는 생각을 바꾸기로 했다. 나를 태워주지 않는 택시 기사들을 이해하려던 마음을 버리기로 했다. 그들은 모조리 죽어 마땅한 인간들이다. 예수님이 태어나신 날에도 돈 몇 푼에 양심을 팔아먹는 유다 같은 놈들.

간판의 불빛들을 표지 삼아 한 발 한 발 걸었다. 등에 멘 백팩을 풀어 지퍼 안으로 손을 집어넣자 아이팟 터치와 이어폰이 잡혔다. 크리스마스 선물로 받은 이어폰을 귀에 꽂고 다시 걸음을 옮겼다. 역시 이번 크리스마스는 완전히 망친 거였다. 기적이 있을 리 없었다. 빠져나갈 구멍이 있을 리 없었다.

정말 내 크리스마스를 망쳐 버린 악당은, 신혜의 크리스마스를 지옥으로 만들어 버린 자는, 다름 아닌 신혜를 낳은 여자였다. 정시 모집 원서가 크리스마스를 망쳤다고 생각했는데, 그게 다가 아니었다.

어째서 내 행복은 하룻밤도 온전하지 못한가. 크리스마스 이브가 끝나자마자, 자정이 넘자마자 녹아 없어질 행복이었다면 처음부터 거절했을 거다.

용서할 수 없었다. 신혜는 어떤 밤을 보내고 있을까. 신혜의 동생은 아직껏 울고 있을까. 신혜를 생각하면 겨울밤 오래 걷는 것쯤은 별일도 아니었다. 어쩌면 커튼이 쳐진 따듯한 방이 나를 더 고통스럽게 했을지도 모른다.

이어폰에서 귓속으로 조지 마이클의 음성이 넘어 들어오기 시작했다. 「케어리스 위스퍼(Careless Whisper)」. 부드러운 것이 나는 좋았다. 나는 달콤한 목소리로 언 몸을 녹이며 계속 걸었다.

잘못을 했으면 벌을 받아야지. 그게 당연하지, 그렇지?

어릴 적 엄마는 말했다. 맞는 말이었다. 식탁 위엔 맛있는 음식들이 가득 차려져 있었고, 매번 학교에서 막 돌아온 터라 배가 고팠다. 잘못을 인정하고 벌을 받지 않으면 음식을 삼키는 즐거움도 누릴 수 없었다.

나는 나의 죄를 고하고 벌을 받아들였다. 예, 잘못했어요.

벌을 주세요. 달고 따뜻한 음식의 유혹을 거부할 수가 없었다. 마음속으로는 죄라고 여긴 적이 한 번도 없었다. 나는 잘못하지 않았다. 그건 잘못이 아니었다. 엄마에게 들킨 게 잘못이었다. 들키지 않았다면 아무 문제 되지 않을 일들이었다. 그냥 지나갈 일들이었다.

벌은 매번 달랐다. 한 달 동안 텔레비전을 보지 못하는 벌도 있었고, 갖고 싶은 게임기를 받지 못하는 벌도 있었고, 신청해 놓은 마술 캠프를 취소하는 벌도 있었다.

이런 때는 어떤 벌이 좋을까. 엄마에게 물어보지 않고 나 혼자 결정해야 했다. 이번에 벌을 주는 사람은 엄마가 아니라 나였다. 나는 집에 도착할 때까지 크리스마스를 망친 자에게 어떤 벌을 줄지 결정해야겠다고, 눈 속을 걸으며 중얼거렸다.

컨베이어 벨트

치지지지직, 바싹 달군 프라이팬에 쇠고깃덩어리 두 개를 올려놓자 곁이 오그라드는 소리가 들렸다. 누나는 등 뒤에서 샐러드와 빵을 식탁 위에 차리고 있었다.

주말 저녁에는 보통 불고기와 쌀밥을 먹곤 했으나 오늘은 냉동실에 든 스테이크용 고기를 구워 먹자고 누나가 말했다. 바닥을 드러낸 불고기용 양념을 한인 상점에서 새로 사다 놓지 못했다고. 찬장에 있는 간장으로 직접 양념을 만들기는 귀찮은 눈치였다.

누나와 같은 공간에서 지낸 지 여러 달이 지났지만, 마주 앉아 제대로 된 식사를 나눠 먹을 기회는 그리 많지 않았다. 주말 저녁과 일요일 아침 정도가 누나가 느긋하게 밥을 지어

먹을 수 있는 시간이었다. 나머지는 각자 스케줄에 맞추어 샌드위치나 간단한 조리 음식으로 식사를 했다. 그러고 보면 서울에서도 누나와 같이 밥을 먹은 경우는 드물었다. 가사 도우미 아주머니는 매일 식구 수대로 저녁 밥상을 차리곤 했으니까. 우리 집에선 식구와 밥을 같이 먹기 위해 기다려 주는 일이 시간 낭비로 여겨졌다. 게다가 아버지와 얼굴을 맞대고 밥 먹는 걸 좋아하는 사람은 아무도 없었다. 아버지와 얼굴이 꼭 닮은 형조차도.

그런데 식탁에서 그 이야기를 또 어떻게 꺼내야 하나. 누나가 먼저 입을 열지는 않을 텐데. 신혜에겐 지금 무슨 일이 있는 걸까.

프라이팬 위에 고기를 올려놓고 딴생각을 하는 사이 한쪽이 검게 타 버렸다. 낭패였다. 급하게 불을 껐다. 웰던으로 주문을 하는 누나는 상관없겠지만, 나는 썰었을 때 핏물이 살짝 배어 나오는 고기가 입에 맞았다. 그나마 오늘은 나보다 누나의 기분이 중요한 날이라 다행이었다. 사실 스테이크를 태워 먹든 말든 그건 중요하지 않았다. 오늘 식탁에선 반드시 누나의 대답을 들어야 했다.

“고기 말곤 먹을 게 없네. 통조림 콩 남은 거 있는데, 이거라도 먹을래?”

누나가 냉장고 문을 열고 허리를 굽혔다.

"아님 조개 수프 데울까?"

"됐어. 난 충분해. 고기만 있으면."

나는 스테이크를 접시에 올려 식탁 위로 옮겼다. 좀 타긴 했어도 먹음직스러웠다. 요 며칠 밥이 잘 안 넘어가 탄산음료만 마셔 대며 지냈는데, 구운 고기를 보니 습관처럼 식욕이 돌았다.

"귀찮아서 소스도 안 만들었어."

"냉장고 문에 A1 꽂혀 있을걸."

누나는 스테이크 소스와 머그잔을 들고 와 식탁 앞에 앉았다. 늦은 저녁이라 그런지 눈가가 몹시 피로해 보였다. 잠시도 자신을 편하게 내버려 두지 않는 인생이 과연 행복한지, 누나가 생각하는 행복이 엄마가 말하는 성공과 같은 주머니에 들어 있는지 물어보고 싶을 때가 있었다.

"참, 와인 한잔할까?"

누나는 빵을 손가락으로 떼어 먹다가 깜빡 잊었다는 투로 물었다. 술 마실 줄 아느냐고 묻지는 않았다.

"어? 아니. 누나 생각 있으면 따고."

고기를 한 점 입에 넣고서야 누나 말을 따를걸, 하고 후회가 됐다. 이렇게 대화도 없이 밥을 먹으면 어제 아침에 하던 얘기를 또 꺼내기가 곤란하지 않을까. 주말이 지나면 얼굴 보기도 어려워질 게 뻔했다. 어쩌면 나에게 얘기할 기회를 주려는 배려인지도 모르겠단 생각이 들었다.

"와인은 사다 놓은 거 있어?"

누나는 아무 말 없이 일어나 싱크대 서랍장에서 적포도주 한 병과 스크루를 꺼내 왔다. 내가 코르크를 따는 동안 각기 모양이 다른 물컵 두 개를 가져와 식탁 위에 올려놓았다.

"오늘은 가볍게 먹자. 싼 거라 맛이 어떨지 모르겠다."

누나가 포도주를 내 앞에 따라 주었다.

"괜찮아. 나는 간단한 편이 좋아."

"너도 다 갖춰 먹는 데 질렸어?"

누나가 픽 웃었다.

"먹는 데 까다로운 사람이라면 진저리가 났는데, 가끔 소름 끼칠 때가 있더라. 식당에서 나온 샐러드가 시들시들하면 입에 못 대겠더라고. 대학 때 친구들은 내가 자판기 커피 못 먹는 줄 모르지."

유리컵을 기울이는 누나를 따라 나도 포도주를 한 모금 입에 물었다 목구멍으로 넘겼다. 역시 포도주는 달지 않고 쌉쌀했다. 식구들은 단맛이 나는 음식을 아주 싫어했다. 달콤한 맛을 좋아하는 사람은 나뿐이었다.

"근데 넌 엄마랑 아주 반대로 가 보겠다는 거니? 학교도 모르겠다 그러고. 당장 들어가겠단 건 무슨 생각인지."

"들어가 봐야 할 일이 있어서 그래, 누나."

나는 입안에 들어 있던 살점을 마저 씹어 삼킨 뒤 입을 열었다.

"여기 나온 지 얼마나 됐다고. 입학 허가도 못 받고서, 맨손으로 들어가겠다고? 엄마가 비행기 티켓을 끊어 줄 사람 같아?"

"그러니까 도와달라고."

"어떤 식으로?"

누나는 스테이크를 조금 썰어 놓기만 하고 한 점도 먹지 않았다. 포크로 샐러드 채소만 뒤적였다. 나는 들고 있던 포크와 나이프를 내려놓았다. 누나가 물컵에 따라 준 포도주를 마저 비우고, 엄마에게 거짓말을 해 달라고 말했다. 내가 기침을 한 달 넘게 하는데 낫지 않는다고. 몸도 바짝 마르고 건강이 나빠 보이니 돌아가서 종합병원에 가 봐야 할 것 같다고.

"뉴욕 병원이 얼마나 비싼진 엄마도 알 거 아냐. 그렇게 해도 안 되면 나쁜 병에 걸린 것 같다고 말해 줘. 누나 말이라면 무조건 믿잖아."

누나는 대답하지 않고, 포도주 잔에 입술을 댔다 뗐다를 반복했다.

"여태까지 계속 그런 식으로 살았니?"

나지막하지만 비난하는 말투였다. 누나에게 그렇다고, 그러니 어쩔 테냐고 당당하게 말해야 하는데 입이 떨어지지 않았다. 나는 예전에도, 지금도 비겁한 인간이었다. 누나와 나 사이에 놓인 음식이 차갑게 식어 갔다.

"어쩔 수가 없었어, 나는."

내 입으로 내뱉은 말이 부끄러워 눈앞의 접시만 내려다보았다.

"무슨 일이기에 죽어도 가야 하는지, 묻고 싶지도 않다. 네 입에서 무슨 말이 나올지 아주 겁이 나."

나는 고개를 들고 누나를 봤다. 누나는 특유의 무표정한 얼굴로 고기를 씹었다. 나와 눈을 마주치기 싫은지 시선이 식탁 모서리에 가 있었다. 눈을 살짝 내리깔고 있을 때 누나의 얼굴은 아버지를 닮았다. 그 눈빛, 인간이 아닌 사물을 대하는 차가운 시선. 나는 너를 몰라. 나는 너에게 관심이 없다. 그렇게 말하는 검은 눈동자. 주먹으로 때리는 것만 폭력이 아니라고, 안경 너머 작은 눈을 똑바로 쳐다보며 말하고 싶었다.

우리 식구 가운데 나를 유일하게 이해한다고 믿었던 누나마저 결국 실망시키고 만 걸까.

나는 썰어 놓은 고기 조각을 입안에 쑤셔 넣고 어금니로 씹었다.

"알았다. 네가 해 달라는 대로 해 주면 되지? 어떻게 되든 네 인생이니까."

누나는 비어 있던 내 컵에 포도주를 따르며 말을 이었다.

"그런데, 그러니까, 네 인생이니까 남에게 휘둘리진 말았으면 해."

"무슨 말이야?"

"나는 누가 시키는 대로 사는 게 싫었거든. 벗어나고 싶지 않았다면 여기 오지도 않았을 거야. 누굴 만나러 돌아가는진 몰라도, 엄마 같은 인간을 네 인생에 또 만들어 놓는 건 그렇지 않니? 누가 내 인생을 맘대로 흔드는 거, 정말 질색이다. 지긋지긋해."

"오해야."

컨베이어 벨트가 다시 움직이고 있고, 그 위에 올라탄 이상 무조건 따라가지 않으면 굴러떨어질 거라 말할 수는 없었다. 누나에게 신혜를 보러 돌아가야 한다고, 신혜가 트위터에 글을 올리지 않은 지 보름이 넘었다고, 불안해 미칠 지경인데 어떻게 할 방법이 없다고 고백할 수도 없었다. 집에서 멀리 떨어진 공중전화로 신혜에게 전화를 걸어 보기도 했지만, 네 번 다 전화를 받지 않았다. 국제전화를 받기도 곤란한 상황인지 알아볼 수조차 없었다.

"고기 식겠다. 어서 먹어. 먹고 나서 엄마한테 전화할 테니까."

말 한마디에 조바심이 녹아내렸다. 사실은 죄다 개소리고, 신혜가 보고 싶어 핑계를 찾는 건지도 몰랐다. 하지만 이유가 무엇이든 가야 했다. 나는 고깃덩어리와 함께 변명도 사과도 씹어 삼켰다.

누나는 스테이크 반쪽을 손도 대지 않고 남겨 놓은 채 커피를 만들기 시작했다.

*

컨베이어 벨트 앞에 서서 수하물을 기다리는 시간이 이렇게 길게 느껴진 적은 처음이었다. 비슷한 생김새와 같은 색깔의 캐리어가 컨베이어 벨트 위에서 이동할 때마다 좇아가 보았지만, 번번이 다른 사람의 가방이었다. 일찍 부친 탓인지 짐 가방 두 개는 거의 마지막에 빠져나왔다.

나는 가방을 끌고 인천 공항 입국장으로 들어서서 공중전화기부터 찾았다. 지갑 안쪽에 지난겨울 사용하던 전화 카드가 그대로 끼워져 있는 걸 JFK 공항으로 이동하는 길에 확인해 두었다.

"지금 거신 번호는 없는 번호입니다. 다시 확인하시고 걸어 주십시오."

조금 전 눌렀던 휴대전화 번호를 꾹꾹 반복해 눌렀다. 똑같은 여자 목소리가 되풀이됐다. 비행기 안에서 귓속이 나이프로 쑤시는 것같이 아프더니 아직껏 멍했다. 침을 꿀꺽 삼켜

보았지만 여전했다.

귓속이 꽉 막혀서 소리가 잘 안 들리는 건지도 몰라.

나는 하품하는 시늉으로 입을 한껏 벌렸다 다물었다. 주의 깊게 주사위를 굴리듯 버튼을 한 개 한 개 천천히 눌렀다. 이번에는 전화기 저편에서 영어로 결번을 알리고, 틱톡, 하는 알림음을 흘려보낸 뒤에도 송화기를 내려놓지 않았다.

뭐가 잘못됐지. 이메일로 비행기 티켓을 받던 날, 입국하는 날짜를 내 블로그에 적어 놓았다. 그걸 보지 못한 신혜가 전화기를 새로 샀을까. 휴대전화에 입력된 단축 번호가 아니라 매번 집게손가락으로 공중전화 버튼을 눌러 연결했던 숫자다. 잘못 기억하고 있을 리 없었다. 디자인이 익숙지 않은 공항 전화기에 문제가 있을지도 모르는 일이라고 생각했다. 짐을 집에 내려놓고 집 근처 공중전화 부스에 들어가 전화를 걸면 항상 그랬던 것처럼 신혜가 받지 않을까. 비행기에서 내리자마자 전화를 걸기 위해 공항으로 마중 나온다는 엄마를 말렸는데, 이럴 수는 없었다. 서울을 떠나던 날은 비행기 좌석에 앉자마자 이어폰을 귀에 꽂고 잠이 들었지만, 돌아오는 비행기에서는 눈을 거의 붙이지 못했다. 신혜를 곧 보게 된다는 설렘과 긴장 탓이었다. 그런 나에게 이럴 수는 없었다. 신혜에게 갑자기 무슨 일이 생겼을까. 설마 여자의 목을 조른 자가 누군지, 왜 죽였는지, 경찰이 알아낸 건 아니겠지.

거미줄처럼 이어진 컨베이어 벨트 중에 내가 올라탄 것이 어느 쪽으로 밀려가고 있는지 보이지 않았다. 분명한 것은 컨베이어 벨트가 움직이면 움직일수록 신혜와 점점 멀어지는 것 같다는 불길한 예감이었다.

꼭 꿈속에서 시험을 보는 기분이었다. 시험 종료 시각은 가까워 오고, 답안지에 마킹한 숫자들은 하나씩 뒤로 밀려 있다. 감독관에게 답안지를 새로 받아 숫자를 채워 보지만 이번 역시 실수다. 오답. 오답. 시험을 완전히 망쳤다는 절망감에 눈앞의 사물들이 우그러진다. 내가 구겨 버린 답안지처럼 형체를 잃는다. 답안지를 아무리 바꿔 본들 숫자는 제대로 채워지지 않는다, 영원히.

스프링필드(Springfield)

카페 문을 밀고 들어서자 땡그랑, 하고 종소리가 울렸다. 건물 앞까지 신혜를 바래다준 적은 여러 번 있었으나, 현관의 종소리를 들은 건 처음이었다. 얼굴에 온기가 와 닿는 동시에 실내의 더운 공기가 바깥으로 급하게 밀려 나갔다. 그리 넓지 않은 가게 안으로 몇 발짝 내딛자 출입구 오른편 주방에서 앞치마를 두른 신혜가 뛰어나왔다. 크리스마스가 지난 지 한참인데도 카페 안에는 캐럴이 흐르고 있었다.

"잠깐 할 얘기가 있어."

신혜가 내 팔을 잡으며 이름을 부르기도 전에 먼저 입을 열었다. 아르바이트하는 곳까지 찾아온 나를 보고 신혜는 당황하는 표정이었지만, 그게 문제가 아니었다.

"어…… 지용아."

"잠깐만 밖으로 나갈 수 있어?"

나는 카페 안을 둘러보았다. 싸구려 경양식 집같이 꾸며진 홀 안에는 병맥주를 마시는 남자와 찻잔을 앞에 놓고 있는 여자, 창가 쪽 한 테이블밖에 손님이 없었다.

"그럼 기다려 봐."

주방 입구에서 우리를 빤히 쳐다보던 남자와 눈이 마주쳤다. 여느 때 같으면 내가 먼저 시선을 돌렸겠지만, 이상하게 고개를 돌리고 싶지 않았다. 아마도 신혜가 몇 번 말했던 카페 사장인 듯싶었다. 신혜는 그에게로 가 양해를 구했다. 사장은 입을 열지 않고 그냥 고개를 까닥했다. 무표정하고 입술이 얇은 중년 남자였다. 그제야 남자가 바짝 마른 몸에 걸친 검은 스웨터와 카멜색 코듀로이 바지가 눈에 들어왔다. 집을 나올 때부터 머릿속에는 빨리 신혜를 만나야 한다는 생각뿐이었다. 만나지 못하면 죽을 것 같은 기분이었다. 나에겐 이따금 이런 날이 있었다. 나도 나를 어쩌지 못하는 날이. 신혜를 만나지 못하면 누구를 죽이든지, 아니면 나라도 죽일 것 같은 날이.

"나가자."

앞치마를 푼 신혜는 앞장서서 가게 문을 열고 나갔다. 초콜릿색 긴 부츠를 신고 타박타박 2층 계단을 내려갔다. 좁고 가파른 나무 계단에서는 희미하게 지린내가 났다. 신혜를 따라 건물 현관에서 왼편으로 꺾어지자 어느 밤 신혜를 기다리며 담배를 한 대 피웠던 건물 주차장이 나왔다. 흐릿한 어둠 속에 승합차 한 대와 여기저기 칠이 벗겨진 중형차 한 대가 세워져 있었다. 신혜는 자동차 사이를 요령껏 지나 주차장 안쪽으로 걸음을 옮겼다.

"무슨 일이니? 지용아."

"여기까진 오지 않으려고 했는데, 어쩔 수가 없었어." 나는 주머니에서 담배를 한 대 꺼내며 말했다. "나쁜 일이 있어."

"담배는 안 돼. 여기 주차장이야."

어쩐지 그 말이 "나는 네 일과 상관이 없어."라는 말로 들렸다. 그래서 나는 말을 바로 꺼낼 수 없었다. '던힐'을 다시 담뱃갑 안에 넣었다. 사소한 일로 신혜와 실랑이할 기분이 아니었다.

"춥지? 올라가서 커피 한 잔 가져올까? 뜨거운 걸로."

담뱃갑을 방한 점퍼 주머니 안으로 집어넣는 순간 신혜의 손이 같이 들어왔다. 차가웠다. 서늘하지만 부드러운 느낌에 눈물이 날 것 같았다. 나는 차가운 손을 다급하게 움켜쥐었다.

"오늘은 너도 손이 차네. 지용아, 나쁜 일이 뭐니? 말해 봐."

신혜의 목소리에는 카페 안의 온기가 남아 있었다. 따뜻했다. 나는 입을 열었다.

"1차 발표가 났어. 또, 떨어졌어."

"그럴 줄 알았잖아. 어차피 거긴 어려웠잖아. 그렇지만 다른 대학도 넣었으니까 우선 기다려……."

나는 신혜의 말을 마저 들을 여유가 없었다.

"꼭 붙어야 하는 대학은 다 떨어졌어. 나머진 돼 봐야 소용없어. 잘돼 봐야 등록만 해 놓고 다시 공부해야 한다고. 근데 거기도 될지 안 될지 몰라. 안 될 거야, 내 점수론. 애초에 무리였다고."

"그래서 어쩌려고. 삼수하겠다고? 이걸 1년 더 하겠단 말이야?"

"시발, 차라리 그랬으면 좋겠다."

주머니에서 손을 빼고 그 자리에 무릎을 구부리고 쪼그려 앉았다. 외투 주머니 속 신혜의 손이 저절로 빠져나갔다. 나는 짧은 머리칼을 손안에 움켜쥐었다. 나를 감싼 불운처럼 시멘트 바닥에서 냉기가 스멀스멀 올라왔다. 차가운 기운이 기어올라오는 맨바닥에 침을 뱉었다. 침이 바닥에 떨어지자마자 허연 김이 올라왔다.

"엄마가 미국 가는 걸 알아보겠대."

"엄마 미국 가셔?"

"아니, 엄마 말고 나."

"뭐어?"

신혜도 내 앞에 털썩 쪼그려 앉았다. 신혜가 움켜잡은 팔이 아팠다.

"다른 대학 필요 없대. 지잡대 갈 거면 차라리 누나 있는 데 가서 유학을 하래. 갈 수 있으면 구정 전에 가래. 설 쇠기 전에 미국으로 꺼져 버리란 소리지. 그때까지 못 나가더라도 친척들한텐 시험도 안 보고 유학 갔다고 말할 거래."

"어떻게 바로 갈 수가 있어?"

"준비고 뭐고 필요 없대. 우선 어학연수로 나가든지 어떡하든지, 입학 허가도 거기 가서 받고, 전부 나가서 하래. 가만 있으면 누나랑 어학원 원장이 알아서 해 줄 거래."

목이 멨다. 엄마 말대로 나는 정말 혼자선 아무것도 못하는 어린애인가.

알아서 해 준다는데 무슨 말이 그렇게 많아. 토플이니 토익이니 미리미리 점수 따 놓으랄 때 말 듣길 잘했지. 안 그랬음 어떡할 뻔했어. 이따가 박 원장이랑 다시 통화해 볼 테니까, 우선 나가. 여기 있어 봐야 아무것도 안 돼.

싫어요. 내가 왜 나가요.

내가 왜 나가요? 네가 제대로 했음 이렇게 안 됐잖아. 한 번도 모자라서 두 번이나 이래? 아주 유치원 선생들 보기도 부끄러워 죽겠어.

유치원 선생들이 뭐가 중요해요. 다 남인데.

뭘 잘했다고 말대꾸야. 엄만 내일부터 동창회고 모임이고 못 나가게 생겼어. 아버지 체면은 또 어떻고.

대학 떨어진 게 사람 죽인 것도 아니잖아요.

얘 좀 봐! 너, 정신 상태부터가 글러 먹었어.

엄마는 자신의 교육 방식이 잘못되었다는 사실을 인정하기 싫은 거였다. 실패했다는 현실을 인정하고 싶지 않은 거였다. 뉴욕에서 비즈니스 스쿨에 다니는 딸과 의대생 아들을 영어 유치원 학부모들에게도 자랑해 왔겠지. 엄마의 유치원에 아이를 보내면 자신의 아이도 명문 대학에 입학할 거라고 학부모들은 믿고 있겠지. 그런데 재수까지 해서도 대학 입시에 실패한 막내아들은 어떻게 설명해야 할까. 과오의 증거를 어떻게 감춰야 할까. 머리는 좋은데 공부를 안 했다고? 친구를 잘못 만나 망쳤다고? 시험 운이 없었다고? 원래 사람이 아니었다고?

"울지 마, 지용아."

"이렇게 헤어질 순 없어. 그렇겐 살 수 없어."

눈물은 나지 않았다. 그런데 무슨 이유로 목이 메나. 뉴욕으로 가란 얘기를 듣고 가장 먼저 떠오른 건 신혜의 얼굴이었다. 신혜를 여기 이대로 두고 떠날 수는 없었다. 얼굴을 보지 않곤 살 수 없었다. 신혜 혼자 지옥에 놔두고 갈 수 없었다. 내가 가려는 곳이 어떤 곳인지 몰라도 신혜가 있는 곳보다 더 끔찍한 곳은 아닐 거였다. 내가 가려는 곳이 지옥이래도 상관없지만, 만약 지옥이라면 우린 같은 지옥에 있어야 했다. 반드시 같은 지옥이어야 했다. 무엇보다 나 혼자서는 온전한 어른이 될 자신이 없었다.

"미국엔 못 가. 집에서 나오겠어."

"그러지 마. 네가 인생을 망치는 건 싫어. 어떡하면 좋을지 지금부터 생각해 보자."

"생각한다고 무슨 방법이 있겠냐고!"

"걱정하지 마, 지용아. 정말 나쁜 일은 없어. 못 견딜 일은 없으니까 괜찮아."

신혜가 내 머리를 감싸 안았다. 신혜가 그렇게 말해 주니, 정말 나쁜 일은 없다고 말해 주니, 진짜 그런 것 같았다. 그러나 그 이상은 아무 말도 할 수 없었다. 내가 걱정하는 건 나 자신이 아니라는 말도 미처 하지 못했다. 이곳이 아닌 다른 곳이었으면 좋겠다는, 그런 생각만 간절했다.

이곳이 아닌 다른 곳. 신혜와 함께 있을 수 있는 따뜻한 곳. 신혜의 부드러운 입술을 오래 핥을 수 있는 곳. 그런 곳에 있을 수 있다면, 내 생명을 고깃덩어리처럼 떼어 덜어 주겠다.

"오늘 1307에 가면 안 될까? 일 끝날 때까지 기다릴게."

도어록 비밀번호 1307은 언제부터인가 신혜와 나의 암호가 되었다.

"오늘은 안 될 것 같아. 내일 저녁은 괜찮은데. 내일 9시까지 갈게."

내 머리를 안은 신혜가 짧은 머리칼 깊숙이 손가락을 집어넣었다. 그 감촉이 너무 부드러워서 나는 어금니를 꽉 깨물었다. 그러지 않으면 목 안에서 뜨거운 것이 울컥 치밀어 오를 것 같았다. 이 시간들을 견딜 수가 없었다.

*

"누나 있는 데가 어디야?

신혜는 니트 원피스를 머리 위로 벗어 올리며 물었다. 정전기가 나서 긴 머리칼이 헝클어졌다. 신혜의 머리를 베개 위에 올려놓고 머리칼을 더 헝클어 주고 싶었다.

"뉴욕, 맨해튼."

"아름다운 도시네. 하지만, 뉴욕이 아니라 스프링필드였다면 좋았을 텐데."

겉옷을 벗자마자 신혜는 이불 속으로 쏙 들어가 속옷을 하나하나 침대 아래로 던져 놓았다. 여중생이 제 손으로 처음 샀을 법한 연한 하늘색 바탕에 점무늬 면 팬티와 브래지어였다.

"스프링필드?"

"응. 뉴욕은 싱글의 도시지만, 스프링필드는 달라. 거긴 가족이 사는 마을이야."

나로서는 도무지 알아들을 수 없는 말이었다.

"그게 어딘데?"

나는 신혜의 얼굴을 끌어당겨 입맞춤했다. 이곳에선 자유의 여신상, 맨해튼 스카이라인, 엠파이어 스테이트 빌딩 같은 건 떠올리고 싶지 않았다.

"몰라?"

입술을 먼저 뗀 신혜는 방에 들어오자마자 틀어 놓은 텔레비전 화면을 가리켰다. 형광등도 켜지 않은 어두운 원룸 안에서 텔레비전 불빛만 몸을 바꿔 가며 빛났다.

"심슨 가족이 사는 마을이잖아. 거기였다면 나도 따라가고 싶었을 거라고."

"오늘은 농담할 기분 아니야."

"농담? 아닌데."

"저건 만화 속 동네야. 실재가 아니라."

"누가 그래. 정말 있어, 오리건 주에."

"그만하자. 자꾸 그러면 창문 열고 텔레비전 던져 버린다."

나는 오른손으로 이불 밑을 더듬어 신혜의 음모를 찾았다. 부드러운 것이 필요했다. 손으로 만질 수 있는 것 가운데 가장 부드러운 것이.

"죽여 버리고 싶어. 다 죽여 버리고 싶어."

내게서 부드러운 걸 빼앗으려는 악당들을 싹 죽이고 싶었다. 살의가 치밀수록 신혜의 몸 안으로 들어가 위로받고 싶단 생각이 간절했다.

언제나 신혜에게로 가는 입구는 촉촉하고 말랑말랑했다. 너무 부드러워서 이 순간이 깨끗하게 녹아 버릴 것 같았다. 이다음에 아무것도 기억할 수 없도록.

"그러지 마, 지용아. 왜 자꾸 그런 말을 해."

신혜가 몸을 움직여 딱딱하게 굳은 내 성기를 쥐었다. 그것이 차가운 손안으로 미끄러져 들어가는 찰나 나도 모르게 한숨 같은 신음이 새어 나왔다. 숨이 멎을 것 같았다. 숨이 아주 멎어 버렸으면 좋겠다고 생각했다. 부드러운 것이 성기를 감쌌다. 촉촉하고 더운 입이 아이스바같이 딱딱하게 굳은 그것을 오래 빨아 주었다.

"죽여 버린단 말, 그렇게 쉽게 하지 마. 누굴 죽이지도 못할 거면서."

신혜가 숨을 가다듬으며 말했다.

몸이 더웠다. 나는 침대에서 몸을 반쯤 일으킨 채 손등으로 신혜의 가슴골에 맺힌 땀을 닦아 주었다.

"넌 그래도 대학엔 갈 거잖아, 어디서든. 난 못 갈지도 몰라."

"왜?" 숨이 가빠서 길게 물어볼 수가 없었다. "등록금도 모아 났다며."

"크리스마스 전날 밤, 너한테 전화했잖아. 동생이 울고 있다고."

"몸이 아팠다며."

"맞아, 응급실 갔다 와서 이젠 괜찮아. 근데, 아무래도 대학에 가는 건 아닌 것 같아. 돈이, 너무 필요해."

"2년만 더 버티기로 하지 않았어? 대학은 졸업해야지."

"너도 어른들이랑 똑같은 소릴 하는구나."

"그게 아니라, 너도 가고 싶어 했잖아. 그동안 고생한 게, 아깝지 않겠어?"

신혜와 얘기를 나누며 침대 건너편의 텔레비전에 멍하니 시선을 두었다. 기괴한 기계에 앉은 심슨 가족들은 앞다투어 버튼을 눌렀고, 버튼이 눌릴 때마다 빠드득 소리와 함께 서로에게 전기 충격이 가해졌다. 어리석은 가족들은 자신 또한 고통받을 줄 알면서도 충격기 버튼을 눌러 댔다. 빠드득. 빠드득.

"동생이 다쳤어, 끓는 물에. 라면 먹을 물을 끓이고 있었는데, 냄비를 집어 던졌대. 물이 펄펄 끓지 않아 그나마 다행이었지, 얼굴에 닿았으면 큰일 났을 거야."

빠지지지직.

텔레비전에서 나는 굉음은 멈추지 않았다. 누가 냄비를 던졌느냐고 묻고 싶지 않았다. 여태껏 동생을 데리고 나오라고 신혜에게 말하지 못한 내가 겁쟁이였다. 그 여자가 딸을 어떻게 팔아먹었는지 알면서도 잊어버리라고만 한 내가 비겁했다. 사실은 내가 떠올리고 싶지 않았던 게 아닐까. 그냥 없었던 일처럼 쓱쓱 지워 버리고 싶었던 게 아닐까.

"흉터가 남진 않고?"

"괜찮을 것 같대. 하지만 난……." 신혜가 말꼬리를 흐렸다. "더는 안 되겠어."

신혜는 몸을 웅크리더니 수면 아래로 침잠하듯 이불 밑으로 쏙 들어가 사라졌다. 얼굴은 보이지 않고 이불 틈으로 낮게 울리는 소리만 새어 나왔다.

"그 여자가 김치냉장고에 숨겨 둔 돈다발을 볼 때마다 이거라도 훔쳐서 도망갈까, 그런 생각은 안 해 본 줄 아니? 내가 안 해 본 생각이 있는 줄 아느냐고. 근데 그 여자는 자식이라도 도둑으로 신고할 사람이거든. 어떻게 할 방법이 없는 여자거든."

목소리가 점점 더 가깝게 똑똑하게 들렸다.

"네가 자꾸 죽여 버리고 싶어, 죽여 버릴 거야, 그럴 때마다 내가 무슨 생각 하는지 아니? 밤에 불 끄고 가만히 누워 있으면 네 목소리가 머릿속에서 뱅글뱅글 맴돌아. 동생이 손바닥으로 얼굴을 가리고 흑흑 흐느끼는 소릴 들으면 네 목소리가 떠올라. 도마 위에 양파를 올려놓고 천천히 썰고 있으면 또 네 목소리가 떠올라. 난 그 소리가 너무 무서웠어. 그래서 식칼을 도로 넣고 수돗물에 손을 씻었어.

그 여자가 텔레비전을 틀어 놓고 소파에서 졸 때가 있거든. 얼굴을 가만 보고 있으면 기분이 이상해. 그 몸속에서 내가 생겨났다는 생각을 하면 정말 이상해. 이런 여자의 살과 피로 내가 만들어졌구나, 그런 생각을 하면 기분이 이상해서 목을 졸라 버릴 수가 없어.

근데 넌 아무도 죽이지 못할 거면서 왜 자꾸 그런 말을 하니. 넌 그냥 미국으로 날아가 버리면 그만일 텐데. 시간이 지나면 아무것도 기억하지 못할 텐데."

동그란 머리통이 내 오른쪽 옆구리를 지그시 눌러 왔다. 신혜의 검은 눈동자에 무엇이 비치는지 보고 싶은데 볼 수가 없었다. 나는 이불을 들추고 작은 어깨를 잡아 위로 끌어 올렸다. 바짝 마른 몸을 베개에 기대어 놓고 이마를 맞댔다 뗐다. 신혜의 긴 속눈썹이 젖어 있었다.

나는 눈앞의 젖은 눈을 들여다보았다. 그리고 그 순간 우리가 똑같은 생각을 해 왔다는 사실을 확인했다. 그녀에게 어떤 답을 줘야 할 때라는 의무감이 들었다. 신혜는 아무 말도 하지 않았다. 숨을 쉬는 것과 같은 속도로 천천히 눈꺼풀만 깜박였다. 나는 고개를 돌리고 텔레비전 불빛이 닿지 않는 방 구석의 어둠을 눈으로 더듬었다.

"울지 마. 네가 물었지, 악을 없앨 방법은 악밖에 없느냐고. 좋아, 악을 응징할 방법은 악밖에 없어. 그게 어디서 오는지는 몰라도 없앨 수는 있어. 운다고 해결되는 일은 없어. 네 말대로 다른 방법은 없어. 가만히 앉아 있는 사람에겐 구원이 오지 않아. 기도만으로는 구원을 불러오지 못한다고."

"그게 무슨 말이니?"

무슨 말을 하는지 알잖아. 너는 나보다 나를 더 잘 아는 사람이잖아.

"아주 옛날에, 어릴 적에, 이런 상상을 한 적이 있었어. 나한테도 부모가 없었으면 좋겠다, 고아였으면 좋겠다, 그런 상상들.

그러다 하루는 엄마랑 아버지랑 아침에 자동차를 타고 나갔는데 밤늦게까지 돌아오질 않는 거야. 누나가 전화해도 받지를 않았어. 왜 안 오지, 무슨 일이 있나, 걱정을 하다 문득 그런 생각이 들었어.

안 돌아오면 좋겠다, 아주 안 돌아오면 좋겠다, 그러면 공부를 안 해도 될 텐데, 텔레비전을 실컷 봐도 될 텐데, 오늘 영어 단어 100개를 다 외우지 못해도 벌받지 않을 텐데.

영영 안 볼 수 있다면 좋겠지만, 그럴 수가 없잖아? 상자 안에서 사람을 연기로 사라지게 하는 마술이 아니고서야 부모를 사라지게 할 수는 없는 거니까. 그런데 말이지, 그런데,

내 부모를 사라지게 할 수는 없어도 다른 사람 부모를 사라지게 할 수는 있겠지. 그게 조금 더 쉬운 일이니까."

"……."

"그편이 훨씬 깔끔하다는 얘기야. 너는 그동안 충분히 했어. 더 이상 아무것도 하지 마. 네 엄마가 사라지길 간절히 바란다면 어느 날 진짜 사라질 거야. 내가 바다 건너로 사라지기 전에, 그보다 먼저."

*

식당 문을 열고 안으로 들어서자 검정색 슈트를 입은 남자가 자리를 안내하기 위해 다가왔다. 나는 전화로 예약해 놓았다고 말하고 이름을 알려 주었다.

남자를 따라 창가 쪽으로 옮겨 가니 노란 햇볕이 드는 자리에 신혜가 앉아 있었다. 목선이 팬 빨간 모직 원피스를 입고 유리잔을 기울여 물을 마시다가, 나를 보고 잔을 내려놓았다. 자주 보던 빛바랜 외투는 의자 등받이에 걸쳐져 있었다.

"식당이 너무 예쁘다."

"옷이 예쁜데."

"응, 새로 샀어."

실내의 따뜻한 공기 덕분인지 신혜의 뺨이 발갛게 달아올라 있었다. 여느 날과 다르게 화장을 진하게 한 신혜는 초밥집 아르바이트를 마치고 지하철역 계단을 뛰어 내려오던 여자아이와 다른 사람 같았다.

"여기 비싸 보인다."

신혜는 자꾸만 사방을 두리번거렸다.

"여기 비싼 집 아니야. 그리고 이 집에서 제일 싼 거 시켜 줄 테니까 비싼 거 먹고 싶다고 울지 마."

신혜가 활짝 웃었다. 왼뺨에 보조개가 폭 패게.

"어쩐지 헤어지는 날이 아니라 약혼식 날 같다."

미소 짓는 입매와 달리 눈동자는 슬퍼 보였다.

"헤어지는 날은 아니지. 다시 만날 테니까."

내가 말했다.

"맞아."

헤어지는 날은 아니지만, 출국하기 전 신혜를 마지막으로 보는 날인 건 맞았다. 다시 보기까지 반년이 걸릴지 1년이 걸릴지는 나도 예측할 수 없었다.

"재수도 1년 했는데, 뭐. 1년이 그렇게 긴 시간은 아닐 거야."

며칠 전 1307에서 신혜는 그렇게 말했다. 그리고 이렇게 덧붙였다.

"떠나서 1년쯤 있다 돌아오면 아무 일도 없었던 게 되겠지? 그렇겠지?"

"아무 일도 없어. 너와 나를 연결시킬 사람은 없어. 연결시킨대도 우린 진작 헤어졌고, 나는 서울에 없어."

"네가 다치는 건 싫어. 강지용, 만약에 위험해지면 넌 그냥 그곳에서 돌아오지 마. 넌 그 방에서 있었던 일 하나도 몰랐던 거야, 알겠니? 나쁜 일은 처음부터 끝까지 내 일이야."

"그럴 일 없다니까."

호프집 여주인의 낡은 집에 강도가 들었던 것뿐이다. 여기저기 미움 산 일은 셀 수도 없고 사채놀이까지 한 구두쇠다. 그날 밤 대학 입학을 앞둔 큰딸은 강화도 펜션에서 고등학교 친구들과 놀고 있었다. 열한 살짜리 의붓딸은 자주 가는 동네 친구네 집에서 잠을 잤다. 집에 남은 물증은 없다.

하지만 만약에 어떤 흔적이 남았다면, 그게 만약 강지용이란 사람의 자취라면? 머리카락이고 상피세포고 지문이고 간에 이 세상에서 단 한 사람만 가질 수 있는 무언가를 발견해 낸다면?

그렇더라도 경찰이 강지용의 DNA 데이터를 갖고 있지 않는 한, 발견된 DNA가 누구의 것인지는 알아내지 못할 것이다. 더군다나 일이 꼬이게 될 경우에 신혜는 그날 오후 남자 친구를 집에 데려왔었다고 자백할 셈이라고 했다. 남자 친구를 몰래 끌어들여 라면을 먹고 안방에서 섹스를 했다, 그 뒤엔 곧장 시내로 나가 친구들과 여행을 떠났다, 그 이상은 없다, 남자 친구를 빈집에 데려온 것도 문제인가. 확실한 증거도 없이 뉴욕에 있는 사람을 불러다 취조할 방법은 없을 거라고 신혜는 말했다.

아무런 흔적도 남지 않았다면 강지용과 민신혜를 연결할 수 있는 사람은 없다. 두 사람은 그저 몇 달 동안 재수 학원 종합반 같은 교실에서 공부한 사이다. 강지용은 고위 관리의 막내아들이고, 민신혜는 이보니라는 이름의 등록증으로 도강을 한 술집 여주인의 딸이다.

전화로 예약할 때 미리 주문해 놓은 코스 요리가 식전 빵부터 서빙됐다. 차례대로 나오는 코스 요리처럼 계획한 순서에 따라 처리하면 되는 일이었다. 신혜와 나는 이보다 더 어려운 미적분과 영어 지문도 풀어 온 사람들이다. 우리는 출제 가능한 모든 문제를 마스터하면서 10대를 보냈다. 수능 시험만큼 예측하기 어려운 일도, 변수가 많은 일도 아니었다. 모든 경우의 수는 차례로 따져 보았다. 인근 도서관에 비치된 범죄학 서적은 전부 훑어보았다. 어려울 게 없었다. 손에 피를 묻힐 일도 없었다. 더러운 건 질색이었다.

신혜는 전채를 맛보며 이렇게 격식을 갖춘 음식은 처음 먹어 본다고 말했다. 뒤따라 나온 감자 수프도 남김없이 먹었다.

"나는 매일 뭔가 한두 가지가 빠진 음식만 먹었거든. 삶은 계란 빠진 냉면, 두부 없는 된장찌개, 맹물에 끓인 미역국, 뭐 그런 거."

리조또 다음으로 나온 등심 스테이크는 조금 질겼다. 나는 나이프 날에 힘을 주어 고기를 썰었다. 살점이 둔탁하게 썰려 나가는 감촉이 좋았다.

그날 밤엔 날씨가 어떨까. 눈이나 비가 오지 않았으면. 일기예보에선 날씨가 비교적 포근할 거라고 예측했지만, 기상청을 믿을 수 없었다. 그날 밤 내가 해야 할 일들을 빈틈없이 계획하고 있노라면 먼 곳에서 누나와 함께 지낼 앞날들은 머릿속에서 밀려나 사라졌다. 아무것도 불안하지 않았다.

나는 손가락만 하게 썬 살점을 포크로 찍어 입에 넣었다. 달콤하고 새큼한 소스 맛이 가시면서 육질이 어금니에 와 닿았다. 딱 딱 딱 딱, 어금니 맞부딪치는 소리가 둔탁하게 고막을 울렸다. 고기 음식을 잘 먹는다는 말은 신혜에게도 했지만, 질긴 고기를 씹을 때 알 수 없는 분노 혹은 살의를 느끼곤 한다는 말은 한 번도 해 본 적이 없었다.

"맛이 괜찮아?"

냅킨으로 입에 묻은 소스를 닦으며 신혜에게 물었다. 신혜는 음식이 든 입을 벌리지 않고 고개만 끄덕였다.

신혜야, 앞으로는 이렇게 입에 맞는 음식만 먹을 수 있어. 아르바이트하러 뛰어다니지 않아도 되고. 너는 이제 가난하지 않아. 주인이 사라진 돈은 다 네 거야.

나는 핏물이 살짝 배어 나오는 스테이크를 씹으며 눈으로 말을 건넸다. 입 밖으로 말하지 않아도 신혜는 내 말을 알아듣는 표정이었다. 언제나 신혜는 나보다 나를 더 잘 아는 사람이었으므로.

골목의 안쪽

골목을 빠져나오던 새벽엔 이곳에 되돌아오게 될 줄 몰랐다. 누군가를 죽이기 위해 들어섰던 골목 안으로 누군가를 찾기 위해 들어설 줄은.

지난겨울 답사하러 미리 들렀던 주택가 골목과 오늘 내가 서 있는 골목은 같은 장소로 보이지 않았다. 집집마다 창문이 견고하게 닫혀 있던 그날 새벽의 골목과 아침부터 내리쬐는 햇볕 아래 맨몸을 드러낸 골목이 같은 곳이란 사실이 믿어지지 않았다. 이곳이 뉴욕이 아니라 서울 한구석이란 사실도 실감이 나지 않았다.

골목 바깥의 거리는 재개발이 마침내 진척되기 시작했다. 버스 정류장 앞에서 이곳까지 걸어오는 길에 아파트 공사를 착수한 구역이 눈에 띄었다. 폐업 중인 도로변 가게에는 뉴타운 사업에 반대하는 지역 주민의 항의문이 붙어 있기도 했다.

나는 골목을 빠져나오자마자 심한 현기증을 느꼈다. 여름 볕에 머리칼이 뜨겁게 달궈진 탓이라고 나 자신에게 속삭였다. 공기가 너무 덥기 때문이야. 내 사정은 봐주지 않고 내리꽂히는 햇살 때문이야. 두 정류장 떨어진 동네에 내려 이곳까지 급하게 걸어온 탓이야. 그도 아니라면 어젯밤 시차 적응이 안 돼 잠을 거의 못 잔 탓이겠지. 골목 안에서 무언가 타는 냄새가 흘러나왔다. 백팩에 눌린 등줄기로 땀이 흘러내려 면 티셔츠가 축축하게 젖은 게 느껴졌다.

"저 집 2층? 불났던 집?"

"불이요? 불이라뇨?"

"사람 죽고 전기장판에 불까지 나는 바람에 집이 아주 시커멓게 탔잖어. 요 앞으로 불차들 번쩍거리고, 사람들 까맣게 몰려들고, 난리 났었다구. 윗집 아랫집 다들 일하러 나가 없었으니 망정이지 줄초상 치를 뻔한 거 아냐."

그 집에 불이 났었니? 여자가 요 밑에 전기장판을 깔고 있었는지 그렇지 않았는지 기억이 나지 않았다.

"그 여편네 죽은 지가 은제야. 강도는 여태껏 못 잡았나 몰라. 동네 무서워 어디 살겠어? 근데 누구?"

"친척인데 그 집 식구들 어디로 이사 갔나 해서요. 딸 둘이 있잖아요. 이사 간다는 말은 들었는데, 연락이 끊어져서."

나는 셔터를 내린 속옷 가게 앞에 쪼그리고 앉은 채, 조금 전 골목 안에서 나눈 대화를 한 마디, 한 마디 복기했다. 사람이 사는 집보다 안 사는 집이 더 많아진 골목에서 집집마다 초인종을 누른 끝에 만난 사람은 목둘레가 늘어진 민소매 티셔츠를 젖가슴이 반쯤 드러나게 걸치고 나온 중년 여자뿐이었다.

"딸?"

여자의 피둥피둥한 얼굴에 의심이 비친 건 그때였다.

"대학 다니는 큰딸하고, 초등학생 동생하고, 둘이요."

"학생, 저 집 찾아온 사람 맞아?"

"예? 예. 돌아가신 아주머니가 시장 쪽에서 호프집 하셨잖아요."

"술장사하던 거야 요 동네서 모르는 사람 없는데, 그 집 딸내미가 벌써 대학 들어갈 나이가 됐던가? 그쯤 되기는 했겠네. 딸은 그거 하나밖에 없는데 무슨 소리야? 살인 나구선 쥐새끼같이 드나들던 기둥서방인지 뭔지도 안 비치고, 딸년도 얼마 있다가 소리 소문 없이 떴는데."

썰룩이는 붉은 입술은 내게 정말 저 집 친척이 맞느냐고, 돈 문제나 다른 일로 찾아온 사람이 아니냐고 물으려는 것 같았다.

"아닌데요. 아주머니 여기 오래 사셨어요?"

"아침나절부터 뭔 소리래. 아유, 나두 바쁜 사람이야. 학생, 뭐야?"

여자는 대답도 듣지 않고 새시 문을 쿵 닫아 버렸다.

나요? 내가 누구냐고요? 알려 드릴까요, 아주머니? 나는 그 집 큰딸의 남자 친구예요. 그 집 여자를 죽인 사람이기도 하고요.

쪼그렸던 다리를 펴고 가게 앞에서 일어났다. 몸을 똑바로 세우자 동시에 현기증이 났다. 눈앞이 노랬다. 운동화 밑창으로 찢어진 종이를 밟고 있던 왼발을 한 뼘쯤 뒤로 옮겼다.

메리야쓰 만 원 4장.

창고 대방출.

발로 밟히고 끄트머리가 그을린 복사지에 붉은 글씨가 비뚤비뚤하게 적혀 있었다. 이 동네는 마음에 들지 않았다. 셔터 안쪽에서, 대문 너머에서, 다리는 불편하고 눈과 귀만 밝은 동네 사람들이 몰래 지켜보는 느낌이었다. 그들은 내가 누구인지 훤히 알면서도 모르는 척 방에 들어앉아 시치미를 떼고 있다. 나를 곤경에 빠뜨리기 위해, 나를 애먹이기 위해, 내게 벌을 주기 위해. 벌을.

눈꺼풀 안쪽으로 비누 거품이 들어간 것같이 침침해서 눈을 떴다 감았다 반복했다. 멀미가 났다. 코끝에 달라붙은 오징어 타는 냄새도 가시지 않았다. 어느 집 대문 안에서 나는 냄새인지 알 수가 없었다.

엄마는 내가 귀국 다다음 날 건강검진을 받을 수 있도록 대학 병원에 미리 예약을 해 놓았다. 내일 아침 빈속으로 병원 수납 센터에 가라며 신용카드를 건네줬다. 엄마는 병원에 있는 형과 외삼촌에게 말을 해 놨으니 그들에게 전화를 하면 잘 챙겨 줄 거라고 했지만, 누구에게도 연락할 마음은 없었다. 형이든 외삼촌이든 무슨 말을 해야 할지 난감하고 서로 어색하기만 할 게 분명했다. 게다가 나는 몸을 드러내지 말고 외국에 숨어 있어야 하는 낙오자가 아닌가.

그런데 이렇게 어지럼증이 심하다니. 정말 무슨 병에 걸렸는지도 모른다. 말이 씨가 된다는 소리처럼, 아프다고 거짓말을 한 벌로 병에 걸렸는지도 모른다. 차라리 엄마가 예약해 놓은 검사는 취소하고 CT 촬영만 해 볼까. 혹시 뇌에 혹이 생기지 않았는지. 그 때문에 전화도 제대로 걸지 못하고 현기증을 느끼는지.

이대로 집에 돌아갈 수는 없었다. 이곳저곳 묻고 다니는 일이 위험하다고 해서 이사 간 동네조차 모른 채 돌아갈 수는 없었다. 신혜가 어디로 이사 갔는지 아는 사람을 찾아야 했다. 당장 신혜를 만나지 않으면 안 된다. 나를 만나면 신혜는 예전처럼 내 이마에 왼 손바닥을 올려놓고 가만히 얼굴을 내려다보다 부드러운 목소리로 귓속말을 해 주리라.

지용아, 괜찮아. 넌 아프지 않아. 나쁜 일은 아무것도 없어.

그러면 나는 오래지 않아 달고 차가운 잠에 빠져들겠지.

잠시 감았던 눈을 뜨자 밝은 빛이 안구로 들어오면서 신혜가 트위터에 올렸던 사진이 떠올랐다. 신혜의 주소를 이 동네에서 알아내지 못하면 신혜가 다니는 대학 인근의 아파트를 뒤져서라도 그 사진 속의 것과 똑같은 놀이터를 찾아낼 작정이었다. 정글짐은 어느 놀이터나 똑같아 보일지 모르지만, 신혜의 아파트 정글짐이라면 단번에 알아볼 수 있을 거였다. 보는 순간 신혜가 사는 곳이라는 걸 직감할 수 있을 거였다.

서둘러 버스 정류장 쪽으로 걸어 내려갔다. 정류장에서 몇 번 버스를 타야 할지는 몰랐지만 마음이 급했다. 뛰다시피 걷다가 길모퉁이에 멈춰 서서 백팩 앞주머니의 휴대전화를 꺼냈다. 부재중 전화도, 문자 메시지도, 새로 들어온 것이 없었다. 뉴욕에 가 있는 동안에도 신혜에게 혹시 위급한 일이 생길까 봐 자동 로밍 상태로 켜 두었던 전화기였다. 내가 서울에 들어온 사실을 신혜가 알게 된다면 전화가 걸려 오리라 믿었다. 수시로 꺼내 확인하지 않으면 불안했다.

나는 통화 목록을 열어 아침 9시쯤 걸었던 전화번호를 재발신해 보았다. 전화를 받은 목소리는 아침에 통화한 여자의 것이었다. 조교로 짐작되는 여자는 외부인에게 학생의 신상을 알려 줄 순 없다고 잘라 말했지만, 한 번 더 물어보았다. 조교는 이번에도 귀찮아하는 투로 같은 대답만 반복했다.

"그럼 전화번호는 안 알려 주셔도 되고, 하나만 여쭤 볼게요. 1학년에 민신혜라는 학생이 있는지만 확인해 주세요. 부탁드립니다."

"아…… 그건……."

이번에는 빨리 대답하지 못했다. 이 틈을 놓치면 끝이라는 생각이 들었다.

"재학생인지 아닌지만 알려 주시면 됩니다. 혹시 그 대학 학생을 사칭하는지 확인하려고요. 귀찮은 일은 아무것도 없을 겁니다."

여자는 계속 뭔가 가늠하는 눈치였다.

"전화로 확인이 어려우면 과 사무실로 직접 들를까요?"

"아니요, 그러지 마시고요."

이번에는 반응이 바로 나왔다.

"잠깐만 기다려 보세요."

나는 그제야 숨을 크게 들이쉬었다. 그러나 곧 설명할 수 없는 불안감이 목을 조였다. 내 손으로 내 목을 잡고 조르는 기분이었다.

“이름이 뭐라고요?”

“민, 신, 혜, 입니다.”

“그런 이름 없어요.”

어쩐지 나를 비난하는 말투였다. 무엇을? 전화를 걸어 귀찮게 한 무례를? 재학생이 아닌데 재학생인 줄 안 어리석음을?

“없다고요? 이번 신입생 중에 없어요? 민신혜요.”

“없다니까요. 그럼 됐죠?”

여자는 뭔가 더 묻기 전에 수화기를 내려놓았다. 이상한 여자였다. 대학 과 사무실 조교들은 다 저런 식일까. 나는 대학에 다녀 보지 못했으나 여자의 말투만 듣고도 신용할 수 없는 인간이란 걸 알았다. 나는 신혜가 대학 입학식 날 교정에서 찍은 사진도 트위터에서 봤단 말이다. 신혜가 올린 140자만 읽고도 관광경영을 전공하고 있다는 사실을 알았는데, 저 여자는 무슨 소리를 하는가.

개소리다. 전부 개소리다.

저 여자는 신혜를 질투하고 있는 거다. 어느 누구도 자신을 간절하게 찾아 주지 않기에, 하루 종일 책상 앞에 웅크리고 앉아 오지 않을 사람을 상상해야 하기에 질투를 느낀 것이다. 시기심 때문에 신혜를 찾는 걸 방해하고 있다. 수화기를 소리 나게 내려놓고 나서는 깔깔깔 웃어 대겠지. 속았지. 속아 넘어갔지. 모두들 나한테 당했지. 넌 죽을 때까지 못 찾아.

신이 나서 책상을 탕탕탕 두드려 대겠지. 재미있다고. 고소하다고. 아니다, 혹시 저 여자가 조교가 아닌 건 아닐까. 학생이 조교 책상에 앉아 심술궂은 장난을 치는 게 아닐까. 저 여자가 자리에 없을 때 전화를 걸어 봐야겠다. 그러면 다른 대답을 들을 수 있으리라.

이 동네로 돌아온 게 잘못이었다. 이곳은 나하고 어울리지 않았다. 어서 빠져나가야겠다고 결심했다. 내 방으로 돌아가 미지근한 물로 몸을 씻고 잠을 푹 잘 작정이었다. 그러고 나면 모든 일이 해결돼 있을 거였다. 부재중 전화가 찍혀 있을 거였다.

나는 큰길을 따라 휘청거리며 걸어 내려갔다. 앙다문 어금니처럼 문을 꽉 걸어 잠근 집들은 굴착기로 헐어 버려야 한다고 중얼거렸다. 첫 번째로 밀어 버릴 집은 골목 안쪽 목 졸려 죽은 여자가 살던 건물이었다. 여자가 죽은 집이 흔적 없이 사라지고 나면 엉킨 일이 스르르 풀릴 게 틀림없었다. 밤이 지나기 전에 모든 일이 제자리로 돌아올 거였다.

침사추이〔尖沙嘴〕

비행기는 도착 예정 시각인 오전 11시 30분보다 몇 분 앞서 첵랍콕 공항에 착륙했다. 찾아야 할 수하물이 없는 나는 서둘러 입국 심사대 앞에 줄을 섰다. 짐이라곤 서울에서 등에 메던 백팩 하나가 다였다. 습기를 잔뜩 머금은 더운 공기가 얼굴에 와 닿는 느낌이 무거웠다. 고작 두 시간 40분 동안 허공을 이동했는데 비행기에 올라탈 때와 내린 다음의 공기가 이렇게 다르다는 사실이 기이하게 느껴졌다. 너는 이곳에 어울리지 않아, 이곳은 네가 올 곳이 아니야. 눅눅한 공기가 귓가에 대고 빈정거리는 기분이었다.

입국 심사대를 빠져나온 뒤, 이동 경로를 메모한 노트를 가방 안에서 꺼내 들었다. 빠른 걸음으로 AEL 티켓을 살 수 있는 카운터 쪽으로 이동했다. 왕복 티켓을 구입하면 할인받을 수 있다는 정보는 알았으나 편도만 구입했다. 나는 승강장으로 걸음을 옮기면서 사용한 항공권을 청바지 뒷주머니에서 꺼내 여권 비닐 커버 앞 포켓에 끼워 넣었다. 여권 뒤 포켓 안에는 아직 사용하지 않은 전자 항공권 프린트가 반듯하게 접혀 있었다.

엄마는 몇 달이 지나야 양말 서랍 맨 안쪽에 넣어 두었던 레드 박스가 그것과 바뀐 것을 알아챌 수 있을까. 연말 모임 날 저녁에야 카르티에 시계가 든 박스가 사라진 걸 발견하고, 10년도 넘게 일한 가사 도우미 아주머니를 의심할지도 모르겠다. 엄마는 도둑고양이를 낳았으리라고는 절대로 상상하지 못할 사람이니까. 그런데 과연 전자 항공권을 꺼내 귀국행 비행기 좌석과 교환할 일이 있을까. 나는 열차에 올라타며 잡생각들을 여권과 함께 접어 백팩 안에 쑤셔 넣었다.

관광객이 적은 비수기인 데다 평일이라 그런지 AEL 안에는 승객들이 많지 않았다. 나는 열차의 이동 경로를 알리는 전광판이 정면으로 올려다보이는 좌석에 앉았다.

구룡. 카우룽.

구룡 역에 표시등이 들어오려면 멀었지만, 九龍이란 글자, 아니 암호 안에 숨겨진 음모를 낱낱이 밝혀낼 각오로 획 하나하나를 뜯어보았다. 나는 궁금한 것이 아주 많았다.

"그건 제가 원하는 바가 아니에요. 저는 들어야 할 말이 많아요."

마침내, 내가 간절히 원한다면, 충분한 돈을 지불할 수 있다면, 그들 나름의 방식으로 처리해 주겠다는 사람에게까지 닿게 되었을 때, 나는 그렇게 말했다. 진심이었다. 거짓말은 엄마에게 하는 걸로 충분했다.

말을 듣기 전에, 부드러운 목소리를 듣기 전에 목을 졸라 버리다니. 말도 안 되는 일이었다. 그건 그들의 의무인 해결과도 거리가 멀었다. 잠긴 문을 열 유일한 열쇠를 녹여 버리겠다는 말이나 마찬가지였다.

가능한 한 일찍 도착하기 위해 고속 열차를 선택했는데도 침사추이에 도착하기까지는 시간이 너무 오래 걸렸다. 이러다가는 영원히 침사추이에 도착하지 못하는 게 아닐까. 열차가 구룡 역을 쏙 뺀 구부러진 노선 위를 순환선처럼 빙글빙글 돌다가 관광 지도에도 없는 낯선 역에 나를 뱉어 놓지나 않을지 의심스러웠다.

조바심 내지 마. 서두르면 일을 망치게 돼. 너는 정말 오래 기다렸잖아.

부드러운 목소리를 흉내 내어 나에게 속삭였다.

사랑에 빠진 남녀에게는 넉 달이라는 시간이 짧은 시간이겠지만, 사람을 쫓는 자에게는 영겁의 시간일 수 있다는 걸

나는 처음으로 알게 되었다. 뉴욕에서 서울로 돌아온 후, 홍콩에 도착하기까지 넉 달이었다. 밤마다 인터넷 사이트를 헤맸고, 흥신소만 해도 몇 군데를 거쳤다. 처음에는 내가 알고 있는 사실들이 오해라는 걸 증명하기 위해 타인의 도움이 필요했고, 얼마 지나지 않아서는 내가 알고 있는 나머지 사실들마저 거짓이라는 걸 확인하기 위해 도움이 필요했다.

"완전히 미쳐 버린 거니? 너를 정말 어쩌면 좋으니."

누나는 전화를 받을 때마다 흥분하기도 했고, 울먹이기도 했고, 애원하기도 했다. 누나답지 않았다. 나는 누나와 반대로 시간이 지날수록 냉정해졌다. 원인 모를 두통에 시달리는 일도 사라졌다. 머릿속이 한겨울 새벽 공기처럼 맑았다. 해결해야 할 일, 도달해야 할 새로운 목표가 있는 까닭이었다.

나는 차분하게 가라앉은 목소리로 누나에게 부탁하곤 했다. 분노가 내게 줄 수 있는 건 하나도 없다는 걸 배우게 된 후였으므로.

"300만 원 더 부쳐 줘. 어차피 엄마한테서 나올 돈이니까 아깝지는 않지, 누나?"

엄마는 내가 꾀병 부린다는 사실을 눈치챈 뒤 신용카드를 빼앗아 갔다. 그러니 어쩔 수 없는 상황이었다. 누나가 돈을 안 부쳐 주고 일주일간 버텼을 때는 전화를 걸어 합의금이 필요하다고 말했다. 고등학교 때 친구를 때렸는데, 다행히 경찰

서까지 가지는 않았다고. 병원비를 포함한 위로금이 급히 필요하다고. 내가 폭행 사건을 일으키면 가장 곤란할 사람이 아버지 아니겠느냐고.

우리 가족 가운데 누구도 아버지에게 해를 끼칠 수는 없었다. 아버지는 성역이었다. 내 말이 거짓말로 들리든 진실로 들리든 상관없었다. 누나는 모험을 선택하는 쪽이 아니었다. 위험 확률이 조금이라도 있다면 제거하지 않고는 못 배기는 사람이었다. 어릴 적에도 숙제를 해 놓지 않으면 불안해서 놀지 못하는 아이였다. 싫어도 돈을 부치지 않고는 버티지 못할 게 확실했다. 누나 같은 성격이라면 적지 않은 비상금을 통장에 재워 두고 있을 텐데, 시치미를 떼는 눈치라 섭섭하기도 했다. 누나가 공항을 드나들 때마다 한 개씩 장만한 명품 가방만 싹 팔아도 얼마는 마련할 수 있을 거였다. 이웃 나라에 대한 경제적 원조를 전혀 준비해 놓지 않았다면 세계적으로 손꼽히는 비즈니스 스쿨에 유학한 보람이 없지 않은가. 누나 목소리는 엄마의 카랑카랑한 목소리와 너무 비슷했다. 그게 마음에 들지 않아 나는 보다 강하게 몰아붙였다.

"나도 가족들을 생각해서 그러는 거야. 엄마한테 고백해 버릴까 고민하기도 했는데, 엄마가 또 드러눕는 거 보고 싶지 않아서 그래. 엄마가 직접 주든 누나를 통해 주든 어차피 같은 돈이잖아?"

"나보고 뭐라고 핑계를 대란 말이니?"

"누나도 융통성 있는 사람이 될 필요가 있어. 공부만 해서 세상을 너무 몰라."

나는 그렇게 말하고 전화를 끊었다. 그 말만은 진심이었다. 나를 두고 엄마 없이는 아무것도 못하는 애라고 했던 누군가의 비난도 어쩌면 맞는 말이었다.

가장 먼저 일을 맡긴 곳은 적지 않은 착수금을 받고도 시간만 질질 끌다가 흐지부지 일을 멈춰 버렸다. 목 졸려 죽은 여자의 호적상 가족이 한 사람밖에 없다는 사실을 알려 준 게 전부였다. 간신히 상대방의 이메일을 뚫기는 했지만, 이메일을 자주 사용하지 않는 바람에 거기서 뽑아낸 정보도 별로 쓸모가 없었다. 내가 어리다고 사장이 처음부터 돈을 뜯어먹을 계획이었던 것 같았다. 믿을 만한 다른 곳에서 죽은 여자의 딸 앞으로 2억 원이 넘는 보험금이 지급되었고, 살던 집과 바꾼 아파트 분양권마저 부동산 업자에게 팔아넘겼다는 사실을 알게 된 뒤에도, 나는 또 다른 곳을 물색해 의뢰했다.

나는 더 많이 알아야 했다. 이제까지 알지 못한 대신에 지금부터 많이 알아야 했다. 단순히 노력만으로 시험에 붙는 학생도 없지 않지만, 시간과 돈을 많이 투자할수록 준비에 유리한 건 사실이었다. 두꺼운 스프링 노트에 작은 글씨로 전달받은 정보들을 꼼꼼하게 취합, 정리했다. 수능 시험을 준비하던 시절에 교과서와 기출 문제집을 달달 외울 정도로 팠다면, 넉 달 동안은 오로지 한 문제에만 매달렸다. 문제는 쫓고 있는 한 사람이었다.

처음에는 주관식 수학 문제만큼 복잡하고 인내력을 요하는 이 문제를 과연 풀 수 있을지 막막했으나, 시간이 지날수록 실마리가 풀려 갔다. 한 가지 방법으로만 문제에 접근하는 건 위험했다. 문제를 풀다 막히면 다른 방식으로 공략하는 시도가 필요했다. 수능 시험은 문제 수가 많아 한 문제를 틀려도 나머지 문제를 잘 맞히면 붙을 수 있지만, 이 경우는 달랐다. 문제가 하나라 한 번 틀리면 끝이었다. 실수가 허용되지 않았다. 나는 한 가지 정보도 놓치지 않고 노트에 적어 나갔다. 출제 위원의 성향을 파악한다면 문제를 푸는 데 유리하다는 사실쯤은 알고 있었다. 더 이상은 시험에 실패하고 싶지 않았다.

'던힐'에 불을 붙이고, 눈을 감았다. 첫 모금이 독하게 목구멍을 비집고 들어왔다. 나는 텔레비전에서 흘러나오는 귀에 선 외국어를 들으며 눈을 감았다. 담배 연기를 입술로 쭉 빨아들이자 니코틴이 묵직하게 몸 안으로 퍼지며 그보다 가벼운 졸음을 바깥으로 밀어내는 느낌이 들었다. 다시 빨아들인 담배 연기를 입 밖으로 훅 불어 냈다. 볼 안에 비릿한 잔 맛이 퍼졌다. 눈을 뜨고 손가락 사이에 끼우고 있던 담배를 원탁 위 재떨이에 걸쳐 놓았다.

창문 앞으로 한 발짝 다가서서 두꺼운 베이지색 커튼을 열어젖혔다. 밀려드는 한낮의 햇살 속에 커튼 먼지가 느리게 부유했다. 얼룩진 유리창에 이마를 대고 바깥을 내려다보았다. 에어컨 실외기가 외벽에 질서 없이 매달린 맞은편 빌딩은 리모델링 중이었다. 국적과 정체를 알 수 없는 머리통들이 길 왼편에서 오른편으로, 또 오른편에서 왼편으로 꾸물꾸물 움직였다. 개미굴처럼 바글대는 건너편 왼쪽 쇼핑센터 안으로 밀려 들어가고, 밀려 나왔다. 유리 너머의 낯선 풍경에도 불구하고, 서울도 뉴욕도 아닌 장소에 도착했다는 현실이 실감 나지 않았다. 언젠가 텔레비전에서 보았던 오래된 홍콩 영화를 재시청하는 기분이었다가, 몇 분이 흐른 뒤에는 알 수 없는 기시감에 휩싸였다. 언젠가도 똑같은 거리를 혼자 내려다보고 있었던 것 같은 느낌에 멀미가 났다.

불현듯, 지난해 봄 재수 학원 옥상에서 이렇게 거리를 내려다보던 오후가 떠올랐다. 그 시간 속의 나와 지금의 나는 같은 사람일까? 그럴 수는 없었다. 그때의 나는 어른이 되고 싶어서 안달이 난 아이였다. 어른이 된다는 게 이렇게 끔찍한 일인 줄 몰랐다. 단지 달콤한 것, 부드러운 것을 알고 싶었다. 부드러운 것을 쓰다듬고, 부드러운 것을 이로 물고, 부드러운 것의 속삭임을 듣고 싶었다. 부드러운 것을 아는 게 죄가 될 수 있다는 진실을 몰랐다.

그런데 어느 날, 하룻밤 꿈에서 깨어나는 순간, 나는 갑자기 어른으로 변해 버렸다. 제 뼈와 살이 거죽을 뚫고 나온, 옷이 찢어져 벌거숭이가 되어 버린 괴물이었다. 누구 앞에도 제 몸으로 나설 수 없는 수치스러운 짐승.

공항행 셔틀버스의 꼬리를 물고 도로로 들어선 빨간색 택시가 건너편 쇼핑센터와 맞붙은 호텔 앞에 멈춰 섰다. 나는 택시가 검은 피부의 승객을 내리고 떠난 뒤에도 호텔 정문 옆 골목을 오랫동안 응시했다.

안쪽으로 30미터. 오른쪽 모퉁이에 있는 편의점을 끼고 우회전 10미터. 정면에 롤렉스 시계 간판. 바로 왼쪽 건물 3층.

배낭 안의 노트를 펼치지 않아도 외울 수 있었다. 지난겨울 그녀에게 말했던 대로 우리는 암기하는 기계였으므로.

나는 그녀의 부드러운 목소리를 흉내 내어 혼잣말했다.

그러니 이런 일쯤 아무것도 아니야, 신혜야.

재떨이에 걸쳐 두었던 담배를 집어 들어 한 모금 빨아 마셨다. 맛이 썼다. 원탁 위에는 호텔로 찾아오는 길에 '왓슨스'에서 사 가지고 들어온 캔 맥주가 한 개 놓여 있었다. 깡통 표면에 밴 물기를 손바닥으로 쓱 훑은 다음 중국산 맥주의 뚜껑을 땄다. 요즘 흔히 마시는 캔 맥주와 다르게 뚜껑이 몸

통과 분리되어 툭 떨어졌다. 나는 맥주를 한 모금 들이켜고, 왼손으로 커튼 자락을 움켜쥐었다. 한 번. 두 번. 세 번. 캔 뚜껑 고리를 쥐고 날카로운 모서리로 유리를 길게 그었다. 지문이 묻은 낡은 유리에 긁힌 자국이 가늘게 남았다. 더욱 힘을 주어 유리를 긁었다. 강도가 약한 알루미늄이 유리에 눌려 찌그러졌다. 상처 난 유리 표면에 얼굴이 그림자처럼 검게 반사되어 비쳤다.

캔 맥주를 그대로 버려둔 채 침대 위의 백팩을 집어 등에 멨다. 해가 지기 전에 시간 맞춰 움직여야 했다. 현관 밖으로 나가기에 앞서 방 안을 빙 둘러보았다. 담배꽁초와 캔 맥주, 냉장고 안의 음료수 병 말고는 방에 남겨 놓은 물건도, 풀어 놓은 짐도 없었다. 항공권 스케줄에 맞춰 2박을 예약해 놓은 방이었으나 오늘 이곳에서 잠들게 될지 어떨지는 나도 알 수가 없었다. 나는 원탁 위의 찌그러진 캔 뚜껑을 주워 청바지 앞주머니에 넣고, 호텔 방을 빠져나왔다.

*

망고 주스가 든 플라스틱 컵을 손에 쥔 채 골목 입구를 배회한 지 35분이 지났다. 골목 안쪽에서 한 남자가 작은 기내용 캐리어를 끌고 걸어 나왔다. 나는 남자의 얼굴이 눈에 들어오자마자 몇 발짝 앞으로 걸어가 가방 가게 진열장으로 몸을 돌렸다. 고개를 돌려 얼굴을 확인할 필요는 없었다. 그가 아닌 다른 누구일 수 없었다. 얼굴과 몸이 전보다 훨씬 말라 보였지만 다른 사람을 착각한 건 절대 아니었다. 노트에 끼워 놓고 매일 밤 들여다본 사진 속 얼굴이었다.

게다가 우린 한 번 만난 적이 있잖아. 지난겨울 카페에서. 그런데 당신은 날 알아보지 못하는군. 내가 이렇게 등을 돌리고 있다고 해서? 나 같은 인간은 기억나지 않을 만큼 다리 뻗고 자는 거야? 그날 신혜를 찾아온 나를 봤을 때 무슨 생각을 했어, 어? 아무것도 모르는 애송이 자식이라고 비웃었어? 아님, 신혜를 잠시 나눠 가졌다는 이유로 이를 부득부득 갈았나? 이, 개, 새, 끼, 야.

진열장 유리에 반사된 어둡고 흐릿한 풍경을 노려보았다. 잠시 후, 골목을 오가는 사람들이 일으키는 소음과 외국어 틈바구니로 캐리어 바퀴가 굴러가는 소리가 들려왔다. 식도 아래쪽에서 담뱃불처럼 뜨겁고 물컹한 덩어리가 울컥 역류하는 느낌이었다.

1초, 2초, 3초.

바닥에 남은 주스를 빨아 마시자 컵 안에서 쿠르르르륵 하고 숨넘어가는 소리가 들렸다. 잠깐 숨을 멈추고 가게 유리 위로 남자의 실루엣이 지나가기를 기다렸다. 바퀴 소리가 더 이상 들리지 않았다. 목을 틀어 남자의 뒷모습을 찾았다.

나는 10미터쯤 거리를 두고 검은색 캐리어를 따라갔다. 나와 남자 사이로 행인 셋이 어깨를 나란히 하고 걸었다. 예상대로 남자는 얼마 지나지 않아 시가지의 호텔 앞에서 걸음을 멈췄다. 공항행 셔틀버스에 올라타려는 게 분명했다.

인천 공항행 17시 15분 비행기.

나는 남자가 셔틀버스에 올라타는 모습을 지켜보며 자리를 떠나지 않았다. 서두를 필요가 없었다, 양 사장의 말대로.

"지금은 때가 아니야."

양 사장은 남자가 소유했던 가게 명의에서 출발해 그의 신상을 샅샅이 털어 주었다. 머리는 설탕에 재워 놓고 입만 나불거리던 다른 사장들과 달랐다. 남자의 나이와 이름, 여행 가이드였던 경력. 죽은 여자와 오륙 년간 동거했다는 이력까지 알려 주었다. 여자가 죽고 나서 가게를 넘기고 태국으로 나갔던 남자는 올해 6월 초까지 서울과 방콕을 오가다 사라졌다. 동거녀의 딸이 살던 집과 호프집을 정리하고 사라진 시점, 트위터를 그만둔 때와 거의 일치했다.

"지금 어디 있는지만 알려 주세요, 빨리."

양 사장은 정수기 앞으로 다가가 종이컵에 더운물을 받았다. 커피 믹스를 뜯어 컵에 붓고, 주물럭대던 비닐 껍질로 가루를 휘저어 내밀었다. 당장 얘기를 들어야 하는데 질질 시간을 끄는 꼬락서니가 못마땅했다. 누가 커피 같은 것 달라고 했나.

"안 먹어요, 그런 거."

나는 통명스럽게 내뱉었다. 모진 운명이 사람을 모질게 변화시킨다는 말은 틀리지 않았다. 내 운명을 더 이상 손해 보지 않으려면 다른 사람이 되어야 했다. 쉽게 보여도 안 되고, 쉽게 당해도 안 된다고 생각했다.

"본래 안 마셔?"

"더럽잖아요."

"뭐가?"

"여긴 티스푼도 없어요?"

"아하!" 양 사장이 그제야 알아듣겠다는 듯 실소를 터뜨렸다. "달고 있는 게 많으면 언제든 쉽게 털 수가 없어서 말이야. 그런데 이 친구, 급할 게 없나 봐?"

귀신같이 남의 뒤를 파고 다니는 재주와 달리 두루뭉술하게 생긴 양 사장이 히죽 웃었다.

"무슨 소리예요?"

"이봐, 열쇠를 내가 쥐고 있잖아. 그런데도 이렇게 싸가지 없이 말하면 돼, 안 돼, 엉? 아쉬운 거 없이 살아서 나오는 대로 입을 놀리나? 아쉬운 사람은 내가 아니라 너란 말이지. 그리고 뭐가 더러워? 커피 봉지가 더러워, 아니면 머리에 피도 안 마른 주제에 이런 데 드나드는 놈이 더러워?"

양 사장이 그렇게 말을 많이 한 건 처음이었다. 언제나 전화로 용건만 간단히 통화했고, 얼굴을 마주한 것도 그날이 처음이었다. 두 사람이 숨은 곳을 즉시 알려 줬더라면 사무실까지 찾아갈 필요도 없었을 거다.

양 사장은 둥글넓적한 얼굴과 어울리지 않는 길고 가는 눈으로 나를 쳐다보았다. 이런 데나 드나드는 놈이 더러워, 라는 말에 화가 치밀었어야 옳은데, 도리어 속이 시원했다. 그 말이 맞았다. 나는 더러운 놈이었다. 그리고 내가 이런 데 돈을 갖다 바치면서 쫓는 배신자는 나보다 더 더러운 년이었다. 하지만 내가 한 짓을 후회하느냐고 묻는다면 뭐라고 답을 해야 하나. 나는 어째서 이렇게 분하고 억울한가.

사람을 죽였기 때문에? 죄를 지었기 때문에?

그것은 정확한 답이 아니었다. 나는 내가 저지른 악행에 대해 단 한 번도 진심으로 후회한 적이 없었다.

"돈이 모자라요? 안 그러면 왜 있는 곳을 안 알려 줘요?"

나는 숨이 푹 가라앉은 솜처럼 낮은 목소리로 물었다.

"알려 주면, 곧장 튀어 갈 거 아냐."

양 사장의 눈빛이 한결 순해졌다.

"뭐가 문제예요. 그러라고 찾아 준 거 아닌가요?"

"말했잖아. 네가 간절히 원한다면, 충분한 돈을 지불할 수 있다면, 우리 나름의 방식으로 처리해 줄 수도 있어. 하지만 지금 직접 움직이는 건 좋은 수가 아니야. 네가 무슨 짓을 저지르든 상관할 바 아니지만, 우리까지 위험해지면 곤란하잖아? 저번에도 내가 말했지. 분노로 얻을 건 개똥도 없다고."

양 사장은 내가 받아 들지 않은 종이컵을 집어 커피를 한 입에 마셔 버렸다.

"나는 식은 커피가 좋아. 뜨거운 건 잘못 마셨다가 입이나 홀딱 데지. 잘 들어. 분노는 내 방식이 아니야. 헐렁한 주둥이로 욕이나 씨부렁거리지 말고, 때가 오면 물어뜯어 버리라고. 그땐 절대 놓치면 안 돼, 엉? 어린놈 인생 말아먹는 꼴이 훤히 보여서 해 주는 말이야. 나를 믿고 조금만 기다려 봐. 고춧가루를 뿌릴 때가 되면 싫다고 해도 찔러 줄 테니, 절여 먹든 무쳐 먹든 알아서 하시라고."

나는 문을 닫고 출발하는 공항행 셔틀버스를 확인한 뒤에야 남자가 빠져나온 골목 쪽으로 걸음을 옮겼다.

맞아요, 사장님. 지금이 꼭 맞는 때예요. 그때가 이렇게 빨리 올 줄 사장님도 짐작하지 못했겠죠. 어쩌면 나는 운이 아주, 아주 좋은 녀석인지도 모르겠어요. 그게 아니면 그들이 운이 나쁜 편이던가요.

나는 양 사장과 마지막으로 나누었던 전화 통화를 남김없이 복기해 보았다. 엄마 시계를 전당포로 들고 가면서도, 인천 공항 게이트에서 비행기를 기다리면서도, 몇 번이고 되풀이했던 내용이었다. 양 사장은 내가 사무실로 찾아간 지 한 달도 안 되어 연락을 해 왔고, 침사추이의 주소부터 불러 주었다. 남자가 예약한 서울행 비행 편과 함께.

"잘 적었지? 놈이 서울에 왔었어. 그때 찔러 줄까 하다가 확인할 게 있어서 내가 직접 뒤를 밟았지. 그런데 말이야, 일이 이거 아주 재미나게 돌아가. 듣고 있어? 놈이 또 서울에 들어와, 보름 후에. 이번에도 혼자."

뒤이어 양 사장이 마지막으로 넘겨준 정보이자, 가장 중요한 정보는 보름 전에도 서울을 다녀간 남자가 오늘 다시 공항으로 가야만 하는 이유, 그것이었다.

*

빛이 제대로 들지 않는 어두운 계단을 따라 위로 올라갔다. 언제 지었는지 알 수 없는 낡은 건물 안에는 엘리베이터조차 설치되어 있지 않았다. 얼마나 많은 사람들이 밟고 갔기에 계단 한가운데가 우묵하게 팼을까.

양 사장은 그들이 어디서 돈을 뜯어먹힌 모양이라고 알려 주었다. 게스트하우스를 구입하려고 태국을 드나들더니 결국 엔 홍콩에 싸구려 민박을 차리고 불법 영업을 하더라고. 그 얘기를 들었을 때 내가 기뻤는지 그렇지 않았는지는 잘 기억이 나지 않았다. 다만 나를 배신하고 튄 자들에게 사기 치고 튄 놈은 어떤 인간인가 조금 궁금한 밤이 있었을 따름이다.

나는 아크릴 간판이 붙어 있는 3층 현관 앞에 멈춰 서서 가쁜 숨을 가다듬었다. 서두를 필요는 없었다. 남자는 공항으로 떠났고, 투숙객들이 벌레가 숨어 다니는 숙소로 기어들기엔 지나치게 밝은 시각이었다.

아마도 이번이 마지막으로 신혜를 만나는 날이 되겠지. 그녀와 처음 대화를 나누었던 날도 이렇게 계단을 올랐던 기억이 선명했다. 계단을 올라, 복도를 지나, 옥상으로 올라가는 어두운 입구에서 부드러운 목소리가 나를 불렀었지.

오늘은, 반대로 내가 그녀를 부를 차례였다.

민박집 출입구에는 초인종이 달려 있지 않았다. 나는 여느 투숙객처럼 철문을 밀고 안으로 들어갔다. 로비, 아니 좁은 거실 오른편에는 작은 카운터가 있고, 정면으로 줄지어 있는 쪽방들 옆으로 비좁은 복도가 보였다. 거실 왼편에는 컴퓨터 모니터와 전화기가 놓인 간이 책상이 있었다. 투숙객들의 편의를 위해 달아 놓은 전화기의 수신번호라면 나도 알고 있었다. 그들의 신상을 턴 사람으로부터 남자의 명의로 서울에서

개설되었던 070 인터넷 전화라고 전해 들었다.

현관문 열리는 소리가 컸는지 복도 안쪽에서 방문을 열고 누가 걸어오는 소리가 들렸다. 칙 칙 칙 칙. 얇은 실내용 슬리퍼를 끄는 가벼운 소리였다. 소리에 귀 기울이기 위해 숨을 멈추었다. 이윽고,

이번에도 신혜는 어둠 속에서 얼굴을 내밀었다.

나는 밤마다 증오해 온 얼굴을 먼저 확인하고, 그다음에는 그녀가 손에 쥔, 자루가 긴 비를 내려다보았다. 빗자루가 빨간색이 아니었다면, 그랬더라면 눈에 들어오지 않았을 텐데, 자루가 너무 빨갰다.

눈, 코, 입이 달아난 달걀귀신처럼 신혜의 얼굴에는 핏기가 없었다. 이곳에 절대 나타나지 말아야 할 인간이 서 있어서 놀랐는지, 내가 들어오기 전부터 줄곧 그런 낯빛을 하고 있었는지 알 수 없었다.

"민신혜, 여기가 스프링필드였어?"

신혜가 한두 발짝 뒤로 물러나자 경박한 슬리퍼 소리가 실내를 울렸다. 나는 그 소리를 기점으로 달려들었고, 왼손으로 신혜의 입을 틀어막은 채 오른팔로 목을 감싸 안았다. 예상과 달리 신혜는 반항하지 않고 잡아끄는 대로 순순히 끌려왔다.

복도 안쪽에서 방문이 활짝 열린 빈방이 눈에 띄었다. 나는 벌받아야 할 인간을 방 안쪽으로 밀어 넣고 안에서 문을

걸어 잠갔다. 싱글 침대가 놓인 자리 외에는 남는 공간이 거의 없는 좁은 방엔 창문도 달려 있지 않았다. 문간의 전등 스위치를 올렸는데도 방 안은 물고기 배 속처럼 어두웠다.

"나를 만났는데 반갑지가 않은 표정이네?"

나는 문에 기대어 서서 물었다. 침대 모서리에 걸터앉은 신혜는 흐트러진 머리칼을 보라색 고무줄로 고쳐 묶고 있었다. 지난봄 트위터에 올렸던 사진 속 신혜와 컴컴한 방 안에 몸을 웅크린 민박집 주인 여자는 다른 사람으로 보였다. 셰리와 테리같이 그녀에게도 혹시 쌍둥이 자매가 있었던 게 아닐까 상상한 적도, 그렇게 믿고 싶은 밤도 있었다. 남자와 함께 달아난 여자애와 내가 아는 신혜가 쌍둥이일지 모른다고.

무슨 말부터 해야 할까. 나는 오른손으로 주먹을 쥐었다 폈다 반복했다. 매일 밤 해야 할 말을, 들어야 할 말을 1인 2역 하듯 주고받았는데, 그런데 그 말들이 하나도 기억나지 않았다. 주먹을 꽉 움켜쥐자 손톱이 손바닥을 파고들었다.

"잘 지냈어?"

신혜가 반쯤 숙이고 있던 머리를 들고 나를 쳐다보았다.

나에게 한다는 말이, 뉴욕에서 서울로, 서울에서 침사추이로 찾아온 사람에게 할 수 있는 말이 고작 이건가. 안 된다. 너는 벌을 받기보다 먼저 너의 죄를 고백하고 변명하고 사과해야 한다. 이마를 땅에 짓찧으며 잘못을 빌어야 한다. 그 전에는 벌조차 허락되지 않는다. 물론, 용서는 뒤따르지 않을 것이다. 용서는 필수가 아닌 선택의 문제이므로.

"자리가 잡히면 연락하려고 했어. 근데 일이 자꾸 꼬이는 바람에."

입에서 나오는 말마다 거짓말이다. 창자 속까지 낱낱이 드러난 마당에도. 이런 여자는 아마 꿈속에서도 거짓말을 속삭이겠지.

"처음엔 이렇게 오래 연락 못 하게 될 줄 몰랐어. 정말이야. 너를 잊어버리고 있었던 건 절대 아냐."

"내가, 아직도 바보로 보여?"

"……."

"그래서 날 이용하려고 했어, 처음부터?"

"아냐."

"이용한 게 아니면? 그럼 뭐? 좋아해서 그랬어?"

신혜는 시선을 옆으로 잠시 돌렸다가 다시 내 얼굴을 바라봤다. 죄는 자신이 지어 놓고 마치 나를 원망하기라도 하는 눈빛이었다.

"맞아. 좋아했어. 너도 날 좋아했잖아. 좋아해서 그랬잖아. 너는 날 위해 엄마를 죽여 주겠다고 했지, 같이 살기 위해 죽여 주겠다고 하진 않았잖아. 아니었니?"

그랬어. 단지 너를 좋아해서 그랬어. 만약에 일이 글러 버린대도 상관없었어. 그런데 죄인이 되는 것보다 이런 결말이 내겐 더 절망스럽단 거 알아? 나는 죄인 아니라 악마도 될 수 있어. 너를 쓰러뜨리고 손을 짓밟아 부스러뜨릴 수 있어. 네가 걸친 거짓 나부랭이를 찢어발기고 너를 다시 가질 수도 있어. 무슨 짓이든 할 수 있어.

"너는 내 미래를 빼앗아 갔어."

목구멍 아래에서 들끓던 무수한 말 대신 잠결에 머릿속을 맴돌던 한마디가 입 밖으로 튀어나왔다.

"그래도 좋다고 했잖아. 다 잃어버려도 상관없다고 말한 사람은 너였어. 그게 사랑이라며."

기억나. 네 말대로, 언젠가 내가 했던 말대로 나는 다 잃어버렸어. 유일한 한 사람마저도.

뒤집을 수 없는 진실을 인정하자 목덜미를 타고 얼굴로 열기가 올라왔다. 인정하면서도 뭔가 속은 기분이었다. 내가 생각한 사랑은 이런 게 아니었다. 억울했다. 손가락이 떨리는 걸 들킬까 봐 양손을 청바지 앞주머니에 끼워 넣었다. 차가운 금속성의 물질, 캔 뚜껑이 오른손 중지에 닿았다. 나는 격렬한 살의를 느꼈다. 어금니를 악물었다 떼고, 악을 썼다.

"이 궤변론자, 너 때문이야. 달콤한 말로 속여서 그 여자를 죽이게 하고 남자랑 달아났지. 그것도 네 엄마랑 같이 살던 남자랑. 아버지나 마찬가지인 남자랑. 넌 그런 쓰레기야!"

"……전부 너를 속인 거라고 생각하니?"

신혜가 물었다.

그런 목소리로 묻지 마. 언제나 너는 그런 목소리였지. 슬픔을 핥아 본 적이 있는 부드러운 목소리. 분홍 신을 신고 춤추는 소녀 얘기를 할 적에도, 악을 없앨 방법은 악밖에 없을까 묻던 날에도, 그런 목소리였지. 더 이상 속지 않아. 속고 싶지 않아.

"내가 한 말이 모두 거짓이라고 생각하니?"

그녀가 다그치듯 물었다. 나는 속지 않았기에 대답하지 않았다.

"강지용, 왜 나를 그런 눈으로 보니?"

신혜는 우는 여자처럼 왼손으로 얼굴을 감쌌다.

"그 여자도 그런 눈빛이었어. 맞아. 나를 비웃었지, 더러운 년이라고. 하지만 진짜 더러운 년이 누군데. 아버지와 내가 사랑하게 된 걸 알면서도 엄마는 아버지 앞에서 아무것도 모르는 척했어. 아버지가 없을 때 나만 놓고 조롱했지. 어릴 적부터 영감들한테 몸을 팔고 다니더니 제 버릇은 남 못 주네.

차라리 아버지든 나든 집에서 나가라고 했으면 엄마가 사람으로 보였을 텐데. 아버지가 자기 몰래 내 방에 드나드는 걸 눈치챘으면서도 모르는 척 계속 아버지와 잠을 잤어.

난 견딜 수가 없었어. 미쳐 버릴 것 같았어. 그래서 죽인 거야. 그 여자만 없으면 지옥에서 나올 수 있는데, 아버지랑 살 수 있는데, 왜 그러면 안 된다는 거니. 난 아버지가 필요했을 뿐이야. 그게 잘못이니? 정말 아버지가 필요했어. 너에게 의지하고 싶었던 적도 있지만, 넌 너무 약하잖아. 난…… 난 어릴 적부터 강한 사람이 필요했어. 나를 아이처럼 보살펴 주고, 예뻐해 줄 사람이."

"입 닥쳐! 너는 착각하고 있는 거야. 아버지를 사랑했다고? 너는 너 자신까지 완전히 속여 온 거야. 그렇게 믿지 않으면 살 수 없으니까, 그래서 그렇게 믿은 것뿐이야! 견딜 수 없으니까!"

울고 있는 사람은 신혜가 아니라 나였다. 나는 내가 울부짖고 있다는 사실을 그제야 깨달았다. 울어야 할 사람은 내가 아닌데.

"괜찮아. 마음대로 생각해. 아무래도 괜찮아, 나는. 그렇지만 말이야……."

신혜가 검고 큰 눈동자로 나를 빤히 쳐다보았다. 전보다 마른 뺨에 살짝 보조개가 팼다 사라진 건 내 착각일까.

"내가 아니어도 그랬을 거잖아. 넌 누구라도 죽이고 싶었잖아. 그랬잖아."

그 미소는 잘못 본 것이 아니었다.

나는 미소를 좀 더 가까이에서 보기 위해 다가갔다. 한 걸음, 두 걸음, 너무 가까웠다. 눈높이를 맞추기 위해 침대에 앉아 있던 그녀를 일으켜 세웠다. 머리를 벽에 밀어붙였다. 목덜미를 잡은 손바닥 안쪽으로 맥박이 느껴졌다. 작은 병아리를 집어 올린 것처럼 손안이 따뜻했다. 나는 부드러운 목을 양손으로 움켜쥐고 서서히 힘을 주었다. 나와 눈을 맞추고 있던 신혜가 천천히 눈꺼풀을 감았다. 너무도 익숙하고 부드러운 느낌에 왈칵 눈물이 쏟아질 것 같았다. 얼마나 자주 이 순간을 상상했던가. 부드러운 것을 부러뜨려 영원히 내 것으로 만드는 상상을.

컥, 컥, 컥.

신음 소리가 방 안을 어지럽혔지만 방해받고 싶지 않았다. 나는 머릿속에서 아이팟 터치의 볼륨을 높였다. 킬링 미 소프틀리. 소프틀리. 소프틀리. 달콤하고 부드러운 목소리가 온수처럼 귓바퀴를 타고 귓속으로 흘러들었다.

나는 다만 부드러운 것을 원했을 뿐이야.

그래? 그러면 지금 그것을 가져.

나는 손아귀에 더욱 힘을 주었다. 그런데,

그런데 부드러운 안쪽에서 딱딱한 무엇이 끈질기게 꿈틀거렸다. 살갗 아래 숨어 있던 목뼈. 완강한 긴 줄기. 그것은 지나치게 질겼다. 그 이물감이 너무나 무섭고 반가워서, 더운 눈물이 턱 밑으로 흘러내렸다.

침대 위에 길게 눕혀진 몸은 미동도 하지 않았다. 나는 양 무릎을 세우고 엉덩이를 바닥에 붙인 채 문간에 앉아 있었다. 창문이 없어서 시간이 얼마나 흘렀는지 가늠할 수 없었다. 어쨌거나 지금쯤은 이국의 해도 지치지 않았을까.

"뭣 땜에 죽이지 않은 거니. 넌 사람을 죽일 수 있는데."

얼굴은 보이지 않았다. 나지막한 목소리만이 벽이 얇은 방 안을 울렸다.

"글쎄, 나도 모르겠어. 어쩌면 더 이상 부드럽지 않기 때문이겠지."

"무슨 소리야."

"그게 아니면 네가 봐야 할 지옥이 남아 있기 때문일 테고."

열차가 구룡 역에 도착할 때까지도, 민박집 문을 열고 들어설 때까지도 나는 내 복수의 방식을 결정하지 못하고 있었다. 또다시 누군가의 목을 조르게 될지 그러지 않을지 알 수 없었다. 그럼에도 나는 침사추이로 직접 들어왔어야 했다. 들어야 할 말이 있었고, 들려줘야 할 말도 있었다. 접어 둔 말을 들려주었을 때 신혜가 어떤 표정을 지을지, 어떻게 흐느낄지 궁금했다. 그 시간이 간절하게 기다려졌다.

그러나 지금은 망설여진다. 불행을 전하는 밀사의 역할을 사양할 텐가, 받아들일 텐가. 누군가 묻는다. 나는 무릎에 깊숙이 묻었던 얼굴을 들고 지옥문을 열기로 한다. 이것을 내 복수의 방식으로 기꺼이 받아들인다.

신혜의 살갗을 쓰다듬으며 밀어를 주고받던 방에서처럼 나는 낮은 음성으로 이야기를 들려주었다. 그녀가 곧 연인이자 아버지를 잃게 된다는 사실을. 침대에서 몸을 일으켜 앉은 신혜는 눈만 깜빡이며 내 말을 들었다. 판관의 판결을 경청하는 죄인의 얼굴로.

"너는 지금 거짓말을 하고 있어."

신혜가 말했다.

"거짓말은 내가 아니라 네 거지."

"아냐. 아버지는 태국에 갔어. 우리 돈을 훔쳐 간 사기꾼이 어디 숨었는지 알아냈거든. 그래서 잡으러 갔어. 돈을 되찾으면 돌아온다고 했어."

"말했잖아. 방콕이 아니라 서울로 날아가고 있다고."

"거짓말. 내가 미우니까, 상처 받으라고 지어낸 얘기지."

"그 남자는 어째서 수술받는다는 얘기도 안 하고 혼자 떠났을까? 자기도 갑자기 날아온 불행을 누구에게 던져 줘야 할지 알 수 없었을까? 불행은 역시 남과 나눈다고 줄어드는 게 아닌가 보지? 잘못되면 다시 못 볼 수도 있을 텐데. 잘된다고 해도 얼마나 더 살지 알 수 없고.

이런 게 남편, 아니 아버지로서 해 줄 수 있는 전부인가? 아니면 네가 조금이라도 늦게 알길 바랐을까? 아니지, 원래 그런 놈이었지. 제 욕망밖에 모르는. 다른 사람 인생은 안중에도 없는. 진짜 이용당한 사람은, 버림받은 사람은, 내가 아니라 민신혜, 너야."

"그만해!"

입술을 다물고 내 얼굴을 빤히 쳐다보던 신혜의 낯빛이 일순간 일그러졌다. 목이 졸릴 때도 완전히 허물어지지 않았던 얼굴에서 덫에 걸린 짐승의 울음이 터져 나왔다.

그래, 누구나 자신이 간절하게 원하는 것 때문에 운다. 나를 위해 울어 주지 않는다고 비난할 수는 없겠지. 울음소리가 나를 더 외롭게 만들었지만, 참을 수 있었다. 소중한 것을 잃어버린 사람이 나만은 아니라는 위안, 그것에 기대어.

신혜의 우는 얼굴은 이어폰 줄에 목이 졸려 숨이 넘어갈 때의 여자를 닮아 있었다. 그 표정을 전혀 기억하지 못하는 줄 알았는데, 아닌가 보았다. 너무나 또렷하게 떠올라서 다시는 잊히지 않을 것 같았다. 다음에 악몽을 꾸면 그땐 눈, 코, 입이 달아난 귀신이 아니라 신혜를 닮은 얼굴을 마주하게 되겠지.

"아버지는 나를 두고 죽지 않아."

신혜는 나를 노려보았다. 그 남자를 병들게 한 사람이 나라는 듯 비난하는 눈동자였다.

"돌아올 거야."

"믿음이 지나치면 그것도 지옥이 되더라고."

나는 조금 더 빈정거려 주지 못해 아쉬웠다.

"가만두지 않아! 가만두지 않겠다고!"

가만두지 않겠다는 게 불행의 전령인 나인지, 냉혹한 신인지, 죽을병에 걸린 남자인지 알 수 없었다.

"너, 처음부터 널 이용할 마음이었느냐고 물었지. 너를 처음 본 날을 기억해. 옥상에서 담배 피우는 너랑 마주친 날, 그날 오후가 아니었어. 그보다 며칠 전 아침이었어."

신혜는 탁하게 갈라진 목소리로 이야기를 시작했다.

"그날도 퉁퉁 부은 눈으로 전철에 올라탔지. 누가 내 얼굴을 볼까 봐 머리칼로 얼굴을 가리고서. 아, 죽어 버렸으면 좋겠다. 엄마랑 나랑 다 같이 죽어 버렸으면 좋겠다. 중얼거리며 학원 정문으로 들어서다 진주색 외제 차가 세워진 걸 봤어.

차 안은 참 따뜻해 보였어. 남자아이 하나가 내렸고, 운전석에서 여자가 따라 내리더니 그 애를 부르더라고. 여자가 손에 들고 나온 남색 머플러를 남자애 목에 둘러 줬어. 그 애는 계속 땅만 내려다보면서 학원 안으로 걸어가더라.

왜 그랬을까. 나는 그때 부끄러웠어. 내가 너무 싫었고, 남자아이가 미웠어. 나한테도 저렇게 예쁜 차를 몰고 데려다 주는 엄마가 있다면, 내가 저 아이였다면. 교실 안에 들어와 네가 나랑 같은 반이라는 사실을 알았어. 그렇지만 그날은, 너를 좋아하게 될 줄 몰랐어. 정말 그랬어."

그날 아침이 나는 잘 기억나지 않았다. 언제나 비슷한 일상이었으니까. 신혜가 나를 부러워하던 그때 나는 더없이 불행했다는 걸, 그런 아침마다 나 역시 죽음을 상상했다는 걸 알았더라면, 그녀는 덜 불행했을까.

양팔 저울은 기울어졌다. 신혜와 남자가 불행해졌으므로 나는 행복해야 한다. 그러나 아무래도 그럴 것 같지가 않았다. 변함없이 불행했고, 복수는 이루어지지 않은 기분이었다. 얼른 이곳을 벗어나고 싶었다. 나는 쫓기는 자가 아니라 쫓는 자였는데, 그런데 당장 달아나지 않으면 영영 밖으로 나갈 수 없을 것 같았다. 이 방은 너무 좁고 습하고 어두웠다.

몸을 일으키고, 문간에 내려놓았던 백팩을 오른쪽 어깨에 멨다. 이대로 떠나면 되는 걸까. 마지막으로 무슨 말을 해야 하나. 비난하는 말? 더 아프게 하는 말? 한밤중의 기침처럼 불편하게 하는 말?

몸을 돌려 문고리를 잡았다. 방 안의 공기와 달리 문고리는 차가웠다. 멈칫거리고 있을 때, 등 뒤에서 울음 섞인 목소리가 들려왔다.

"강지용, 그래서 진짜 절망이 뭔지, 진짜 지옥이 어떤 곳인지 알게 됐니? 그럼 너는, 이제 날 이해할 수 있게 된 거야."

나는 그 목소리로부터 달아나려 장님처럼 더듬거리며 문을 열었다. 발밑이 모래밭처럼 푹푹 꺼져 내렸다. 빠져나갈 수 없는 모래시계 안에 갇혀 버린 느낌이었다. 전등을 미처 켜지 않아 어두운 복도를 따라 입구 쪽으로 절룩이며 걸었다. 캄캄한 고래 배 속에서 식도를 타고 거슬러 나오는 작은 물고기같이, 필사적으로.

민박집 출입구 앞에 이르러서야 간신히 숨통이 트였다. 바깥으로 나가기 위해 문을 열었다. 등 뒤쪽은 어둠이었다 빛이었다 더 진한 어둠에 먹혀 버렸다. 내가 문밖으로 나간 뒤에도 거실 천장에 달린 형광등은 점멸을 반복할 것이다.

무슨 말인지 알아, 신혜야. 이제야 너를 이해하게 됐다는 걸 알아. 다시 만나지 않는다 해도, 우린 죽는 날까지 같은 지옥에 살 거라는 것도 알아. 나는 이런 방식으로 너를 이해하는 유일한 사람이 된 거야.

낡은 계단 손잡이에 의지해 아래로 아래로 내려갔다. 3층, 2층, 1층. 맨 아래층에 이르러 휘청거리며 건물 밖으로 걸어 나갔다. 바깥은 여전히 무덥고 소란스러운 이국의 밤거리였다. 행인들의 표정이 너무 다정해서 그들과 눈이 마주치지 않도록 애써야 했다.

나는 내가 나온 낡은 건물 안으로 도로 들어가고 싶은 충동을 짓누르며 골목을 빠져나왔다. 어느 길로 들어서야 내가 왔던 곳으로 돌아갈 수 있는지 기억이 나지 않았다. 나는 환한 불빛이 쏟아져 나오는 상점 앞에서 걸음을 멈추었다. 쇼윈도 안쪽의 하얀 케이크 조각들은 달고, 차가워 보였다.

쇼윈도의 딱딱한 유리를 지문으로 천천히 더듬어 내렸다. 신혜의 얼굴을 다시 볼 수 없다는, 부드러운 것을 다시 안을 수 없다는 사실이 비로소 실감나기 시작했다.

작가의 말

21년 전의 나는 스무 살이었다. 소설 속의 두 사람처럼 매일 새벽 한강을 건너다니는 재수생이기도 했다.

그 시절 우연히 신문에서 읽은 기사는 한 살인 사건에 관한 보도였다. 내 삶과 무관해 보이는 일인데도, 신문 기사 속 인물들의 이름이 잊히지가 않았다. 어째서 그 사건이 긴 시간 동안 나에게 머물렀는지 알 수 없지만 말이다.

재작년 가을이 다가올 무렵 나는 머릿속에 접어 두었던 이름을 다시 떠올려 보았고, 새로운 소설을 써 나가기 시작했다. 아마도 사건에 대한 기사를 처음 읽었을 때 품었던 해묵은 의문, '악을 없앨 방법은 악밖에 없는가.'에 대한 고민을 해 보고 싶었던 것 같다.

당연한 일이겠지만, 이야기는 매번 스스로 몸을 바꾸고 증식한다. 운이 나쁘면 몸을 동그랗게 만 채 죽어 버리기도 한다. 혹한이 지나고 나서야 움직임을 멈춘 이야기는 자연스럽게, 어쩌면 의도적으로 과거의 사건과 완전히 다른 무엇이 되었다. 소설 속에 온전히 남아 있는 게 있다면 그때 내가 느꼈던 슬픔뿐이다. 연민인지 고독인지 설명할 수 없는 그 슬픔이 나를 글 쓰게 했다.

2013년 7월

오현종

성 안토니우스의 십자가 아래서

권희철(문학평론가)

1 세 겹으로 구성된 살인 사건으로부터

우리 앞에 놓여 있는 것은 세 겹 이상으로 구성된 범죄다. 첫째, 두 해를 연달아 대학 입시에 실패한 강지용이 미국으로 도피성 유학을 떠나기 전 치밀한 준비 끝에 중년의 호프집 여사장을 살해하고 강도의 소행으로 위장한다. 돈을 목적으로 한 것도 아니고 개인적인 원한 관계도 없었던 강지용은 왜 이렇게 잔혹한 범죄를 저지른 것인가.

그 답이 이 사건의 두 번째 국면과 관련되어 있다. 살해된 여인은 10년 전 열한 살의 어린 딸 민신혜에게 성매매를 강요했으며 이제 열한 살이 되는 민신혜의 동생에게 다시 한 번

성매매를 강요하고 있다. 강지용의 살인은 악마적 범죄를 멈추기 위해서 벌어진 일이다. "어쩔 수 없지. 악을 없앨 방법은 악밖에 없는걸. 죽느냐 죽이느냐, 둘 중 하나라고."(17쪽)의 신념 속에서 살인(악에 대항하기 위한 악)은 불가피하다. 어떤 의미에서 이것은 심지어 살인이라고 부르기조차 어려운데, 왜냐하면 두 딸에게 차례로 성매매를 강요하고 이를 통해서 자신의 물질적 욕망을 충족시키는 여인을 사람으로 인정할 수는 없기 때문이다. 이것이 살인의 순간을 견뎌 내는 강지용의 논리였다. "이것은 사람이 아니다. 이것은 아무도 아니다. 아무도, 아무것도."(같은 쪽) 강지용은 그런 신념과 논리에 기반한 범죄 행위 속에서 자신의 여자 친구 민신혜를 지옥에서 구할 수 있으리라고 믿었다.

그러나 반전이 준비되어 있다. 강지용의 믿음은 민신혜에게 속아서 만들어진 것이었다. 민신혜의 새아버지가 데리고 왔다던 딸, 언니에 이어 성매매를 강요당하는 열한 살의 소녀, 만약 민신혜가 집을 떠났다면 홀로 남겨져 누구에게도 보호받지 못했을 어린 동생은 처음부터 존재하지 않았다. 2년 전 교통사고로 죽었다던 새아버지는 멀쩡히 살아서 민신혜가 일하고 있는 바로 그 카페를 운영하고 있었고 그 남자야말로 민신혜의 진짜 애인이며 민신혜는 새아버지와의 결합을 위해 엄마가 사라지기를 바랐다. 민신혜는 그 소망을 실현하기 위해 강지용을 속이고 이용한 뒤 버렸다. 이 기만술이 여러 겹으로 쌓여 있는 이 범죄의 세 번째 국면이다. 강지용이 민신혜를 지옥에서 건져 낸 것이 아니라, 민신혜가 강지용을 지옥으로 끌어들인 것이다. 강지용은 자신이 사랑하는 여자를 구해 내는 영웅의 역할을 수행한 것으로 상상했겠지만, 그는 다만 자신의 참된 모습을 확인하기 위해 지옥으로 내려간 살인자일 뿐이었다.

2 살인 사건 속에 숨겨진 네 번째 국면을 지나

어째서 '살인자'가 강지용의 참된 모습인가. 강지용은 모르는 여인을 죽이는 범죄 속에서 실상 자신의 어머니를 죽이고 싶어 하는 은밀한 욕망을 대리 충족하고 있기 때문이다. 강지용은 악에 대항하기 위해서 혹은 민신혜에게 속았기 때문에 불가피하게 살인을 저지를 수밖에 없었다고 믿고 싶어 하지만 그것은 스스로에게 선물하는 기만술일 뿐이다. 강지용은 민신혜를 위해서 하고 싶지 않은 끔찍한 일을 어쩔 수 없이 이행한 것이 아니라 자신이 본래 욕망했던 바로 그것을 감행한 것이다. 강지용이 민신혜를 대신해서 악마적인 여인을 살해한 것이 아니라 강지용의 어머니를 대신해서 민신혜의 어머니가 살해된 것이다. 이것이 강지용의 꿈이 전달하는 메시지다.

같은 밤, 같은 방에서 다시 마주한다 해도 똑같이 목을 졸라 줄 자신이 있었다. 주름지고 마른 목에 몇 번이고 줄을 감아 줄 자신이 있었다. 그러나 오늘 아침 꿈에서 본 건 죽은 여자가, 아니 내가 죽인 여자가 아니었다. 그것은……

매일 아침 마주하던 얼굴이었다.

—54쪽

꿈속에서 강지용은 살인 현장으로 다시 돌아가는데 거기서 강지용이 살해한 사람은 자신의 어머니였다. 끝까지 인정하려 하지 않았지만 강지용은 이미 자신의 욕망을 실토한 적이 있다.

잘못을 했으면 벌을 받아야지. 그게 당연하지, 그렇지?

어릴 적 엄마는 말했다. (……) 나는 잘못하지 않았다. 그건 잘못이 아니었다. (……) 이번에 벌을 주는 사람은 엄마가 아니라 나였다.

—102~103쪽

"아주 옛날에, 어릴 적에, 이런 상상을 한 적이 있었어. 나한테도 부모가 없었으면 좋겠다, 고아였으면 좋겠다, 그런 상상들. (……)

내 부모를 사라지게 할 수는 없어도 다른 사람 부모를 사라지게 할 수는 있겠지. 그게 조금 더 쉬운 일이니까."

— 132~133쪽

잘못을 인정하지 않는 소년이 자신에게 벌을 주는 엄마에게 원한을 품고 벌을 주려고 시도하는 일은, 바람직하지는 않지만 있을 수 있는 일이다. 하지만 청년기에 이르러서도 철없고 못된 소년의 소망에서 벗어나지 못한다면 그것은 끔찍한 범죄로 이어질지도 모를 일이다. 엄마에게 벌을 내리고 그 벌로 인해 엄마가 사라지게 만들고 싶어 하는 욕망(그것이 모친 살해가 아니고 무엇인가.)을 품고 있으면서도 제 부모와 직접 대면할 용기가 없어 부모를 대신해 모르는 여인을 선택한 비열한 살인자가 강지용이 아닌가. 이 점에 대해서 민신혜는 정확히 알고 있었다.

"내가 아니어도 그랬을 거잖아. 넌 누구라도 죽이고 싶었잖아. 그랬잖아."

— 175쪽

그렇기 때문에 민신혜는 강지용을 이용할 수 있었고, 실상 강지용은 이용당했다기보다 그 역시 민신혜가 제공한 기회를 이용한 것일 뿐이다. 대리 충족의 형태로 간접적으로 성취된 모친 살해, 이것이 『달고 차가운』이 다루는 범죄에 숨겨진 네 번째 국면이다.

3 근본적인 죄, 성 안토니우스의 십자가 아래

『달고 차가운』은 우리를 매우 불편하게 만들고 어떤 의미에서 상처를 주고 있기까지 하다. 이 소설이 끔찍한 살인 사건으로부터 시작해서 어린 딸에게 성매매를 강요하는 악마적인 여인 혹은 새아버지를 애인으로 삼기 위해 어머니를 죽음에 이르게 하는 악마적인 여인을 그리고 있기 때문만은 아니다. 순진한 희생자처럼 보였던 청년이 실상 모르는 여인을 살해하는 행위 속에 어머니를 살해하려는 욕망을 감추면서 동시에 충족시키고 있기 때문만도 아니니다. 『달고 차가운』이 그려 보이는 범죄의 끔찍함이 문제가 아니다. 그런 끔찍함조차도 소설 속에서라면 죄의 값을 청산하거나 악을 극복하려는 태도에 대한 탐구로 얼마든지 전환될 수 있다. 『달고 차가운』에 어떤 집요함과 독특함이 있다면 그것은 이러한 전환을 최

선을 다해서 포기한다는 것이며, 바로 이 점이 우리에게 상처를 준다.

우리가 어떤 범죄들을 바라볼 때 자연스럽게 배경에 깔아놓게 되는 십자 형태의 판단 좌표, '선과 악', '죄와 벌'의 좌표가 이 소설 속에서는 머리가 잘린 채로 드러난다. 이 소설 속에서는 '선'의 문제가 단 한순간도 고려되고 있지 않기 때문이다. 등장인물들의 대화와 독백 속에서 우리는 '악', '죄', '벌'을 자주 확인할 수 있지만, 그러나 '선'은 단 한 차례도 찾아볼 수 없다. 강지용은 자신의 삶을 사랑하지도 않고 자신의 삶에 적극적으로 참여하려 들지도 않기 때문에 어떻게 살아야 할 것인지를 묻지 않는다. 그는 어떤 결단과 행위 속에서 자신의 책임에 대해 결코 돌아보지 않고 그 행위가 좋은 것인지 옳은 것인지에 대해서도 절대 의심하지 않으며 누군가에게 용서를 받으려 하거나 누군가를 용서하려 하지도 않는다. 그에게는 자신을 사랑할 능력도 타인을 사랑할 능력도 결여되어 있다. 그는 단지 사랑받기만을 원하고 어떤 것에서도 책임과 고통을 느끼기를 두려워하며 그저 눈을 깜빡거리면서 '달콤하고 부드러운' 쾌락이 주어지기만을 바란다. 이런 비천한 소망은 물론 성취될 수 없다. 이 사소한 좌절 앞에서 강지용은 자신의 운명과 주변 사람들에게 책임을 떠넘기고 원한을 품는다. 그는 자신을 제외한 모든 존재를 악으로 인식하고 타인의 행위를 죄로 받아들이며 상대방에게 벌을 주고 싶어 한다. 그의 인식과 행위 속에는 선의 자리가 없다. '선과 악', '죄와 벌'로 이루어진 윤리적 판단의 십자가는 머리(횡목 위로 돌출된 종목의 부분)가 잘려 나가 성 안토니우스 십자가, 타우(T) 십자가의 형태가 된다.

'선'이 잘려 나간 윤리적 판단의 성 안토니우스 십자가는 『달고 차가운』의 끔찍한 범죄가 죄의 값을 청산하거나 악을 극복하려는 태도에 대한 탐구로 전환되는 것을 불가능하게 만든다. 바로 이것이 『달고 차가운』이 보여 주는 속물들의 삶의 형식이며, 바로 이 형식이 우리를 불편하게 만든다. 우리가 알다시피, 살인은 잔혹한 범죄이며 일어나서는 안 되는 일이지만 그럼에도 종종 벌어지는 일이다. 하지만 살인자가 끝내 살인의 책임을 남들에게 떠넘기며 오히려 타인을 악이라고 모함하고 벌주려 한다면, 그러한 아비규환이 우리의 일반적 윤리 상황이라면, 우리에게는 도대체가 구원의 길이 없는 것이다. 윤리적 판단의 성 안토니우스 십자가 아래서 구원의 희망도 없이 살아가고 있는 비열한 속물들의 세계가 곧 우리의 현실일지도 모른다는 암시가 우리에게 상처를 준다. 성 안토니우스 십자가 형태의 윤리적 상황이야말로 이 소설이 보여 주는 범죄의 가장 심층적인 국면이며, 어떤 의미에서 그것은 이미 '벌'이다.

4 「요한복음」 없는 『죄와 벌』의 풍경

『달고 차가운』의 살인 사건에서 첫 번째와 두 번째 국면을 강조한다면 이 소설을 다음과 같이 요약할 수 있다. 한 청년이 있어 타인에게 고통만을 뿌려 대는 악마적 수전노라면 죽여도 좋다고 믿게 된다. 한 소녀가 있어 어머니의 강요로 창녀가 되어 가족들을 위해 희생한다. 이 살인자가 창녀와 만나 사랑에 빠진다. 『달고 차가운』의 전반부를 이런 식으로 이해한다면 이 소설은 『죄와 벌』을 떠올리게 한다. 잘려 나가 있기 때문에 더욱 문제적인 '선'과 '구원'에 대한 관념이 우리를 자극한다는 점도 이러한 연상을 거든다.

다음 구절은 『죄와 벌』을 상징적으로 요약하는 대목이라 할 것이다. "이 가난한 방에서 영원한 책(성경을 가리킴 — 인용자)을 읽기 위해 기묘하게 만난 살인자와 매춘부"의 이야기라는 것. 라스콜니코프가 소냐에게 읽어 주기를 요구한 것은 「요한복음」 가운데서도 나사로의 '부활'이었다. "단순히 존재한다는 것만으로 (……) 만족할 수 없었"으며 "항상 무언가 더 큰 것을 원"하는 바람에 자기에게 주어진 삶과 주위의 모든 것들을 경멸하면서 죽음에 이르기까지 스스로를 분열시켰던 라스콜니코프가(이름 속에 들어 있는 raskol이 이미 '분열'을 의미한다.) 소냐의 사랑을 통해 "삶의 무한한 원천"을 배우고 자신의 분열을 이겨 내며 "부활"하는 것이 「요한복음」을 품고 있는 『죄와 벌』의 메시지다. 『달고 차가운』은 정확히 이 메시지를 지워 버린, 「요한복음」이 빠진 『죄와 벌』인지도 모르겠다.

『죄와 벌』의 장엄하고 감동적인 에필로그가 『달고 차가운』에는 지워져 있기 때문에, 라스콜니코프(로쟈)가 구원받는 마지막 장면이 공백으로 남아 있기 때문에, 『달고 차가운』은 그렇게도 우리를 불편하게 만드는 것이다. 「요한복음」을 소냐의 삶에 비춰 보며 새롭게 해석해 내지 못하는 비천한 로쟈의 내면은 너무나 하찮아서 슬플 지경이다. 과연 나는 인간인가 이(蝨)인가, 나는 선을 뛰어넘을 수 있는가 아니면 넘지 못하는가, 어떻게 하면 내가 경멸한 삶의 대지에 용서를 구할 수 있을 것인가 하는 로쟈의 물음은 다음과 같은 방식으로 격하된다.

> 대학에 떨어진 나도 개새끼, 재수생 주제에 옥상에서 낄낄대는 저것들도 개새끼, 이런 새끼를 낳은 아버지도 개다.
>
> — 29쪽

> 그들(재수생들을 가리킴—인용자)이 웃는 모습이 나는 몹시 불쾌했다. 뭐가 그렇게 우스운지 알 수 없었다. 그들도 나처럼 웃을 자격조차 없는 인간들 아니던가?

웃고 있다면, 모두 개자식들이다.

(……)

저들은 아무도 아니다. 아무도. 아무것도.

—28쪽

속물들의 비천한 행복의 기준을 절대적인 것으로 받아들이고 그 기준에 따를 수 있는가 없는가에 안달하면서 자신의 삶을 비하하고 불행을 과장하는 가운데 강지용은 죄와 악에 대한 판단 불능의 상태에 빠진다. 그가 입시에 실패한 사람들을 비난할 때 썼던 문장 "저들은 아무도 아니다. 아무도. 아무것도."는 강지용이 자신의 살인을 정당화할 때 썼던 문장과 일치한다. "이것은 사람이 아니다. 이것은 아무도 아니다. 아무도, 아무것도."(17쪽) 허약한 강지용은 그렇게 하지 못했지만, 강지용의 논리를 조금만 밀어붙이면 그에게 수전노를 죽이는 일이 허용되는 것과 같은 원리로 낙오자들과 자기 자신을 죽이는 일 또한 모두 허용된다. 그들은 모두 "아무것도" 아닌 존재들이기 때문이다. 재수생의 한심한 자기 비하와 살인을 정당화하는 궤변의 일치, 이 어지러운 속물 세계의 풍경이야말로 『달고 차가운』에서 가장 끔찍한 대목인지도 모르겠다.

재수생이 된 철없는 로쟈는 다만 속물들의 비천한 행복, 달고 부드러운 것을 요구하고 그 요구가 거부됐을 때 불타는 복수심에 빠질 뿐이다. 결국 복수심이 될 요구 속에서 강지용은 결코 자신의 삶을 사랑하지 못한다.

내게서 부드러운 걸 빼앗으려는 악당들을 싹 죽이고 싶었다.

— 128쪽

얼마나 자주 이 순간을 상상했던가. 부드러운 것을 부러뜨려 영원히 내 것으로 만드는 상상을.

— 176쪽

이곳이 아닌 다른 곳이었으면 좋겠다는, 그런 생각만 간절했다.

이곳이 아닌 다른 곳. 신혜와 함께 있을 수 있는 따뜻한 곳. 신혜의 부드러운 입술을 오래 핥을 수 있는 곳. 그런 곳에 있을 수 있다면, 내 생명을 고깃덩어리처럼 떼어 덜어 주겠다.

— 125쪽

『죄와 벌』의 로쟈가 도달했던 마지막 순간의 정점, "변증법 대신에 삶이 도래했고, 의식 속에서 무언가 전혀 다른 것이

형성되어야만 한다는 것"에 대한 예감 같은 것이 여기에서 생겨날 이치가 없다. 『달고 차가운』은 삶은 물론이거니와 변증법조차도 없는 속물들의 너절한 삶이 스스로를 비하하면서 끝내 '선'이나 '구원'을 향해 움직이지도 않는 비참한 풍경만을 제시하고 있다.

5 쓰디쓴 뜨거움

윤리적 무능력을 고집스럽게 전시하는 이 소설에서 기억할 만한 메시지 하나를 끄집어낸다면 그것은 아마도 '쓰디쓴 뜨거움에 대한 요구'가 될 것 같다. 이 점을 이야기하려면 우선 이 소설의 제목을 확인해야 한다. 강지용에게 만약 어떤 원리나 원칙 같은 것이 있다면, 그것은 성 안토니우스 십자가 형상 아래 죄와 악과 벌을 조직하는 어떤 중심 같은 것이라고 할 텐데, 그것이 이 소설의 제목 '달고 차가운' 것을 향한 욕망이다. 강지용의 개인 사전 속에서 '달콤한 것', '차가운 것', '부드러운 것'은 모두 한통속이다. 그것은 한 개인에게 어떤 고통도 어떤 약속도 어떤 대가도 요구하지 않은 채로 선물되는 기분 전환 혹은 오락이다. 속물들이 자신 앞에 주어진 삶에 적극적으로 참여하지 않은 채로, 자기 삶의 고통까지도 사랑할 의지를 포기한 채로, 요행히 얻게 될 복권 당첨 같은 것이다. '달고 차가운' 것을 향한 욕망만으로 이루어진 삶이라는 것이 만약 있다면(오현종은 바로 그것이 오늘날 우리의 너절한 현실이라고 말하고 싶어 하는 것일 텐데) 바로 그 삶의 실상을 세밀하게 묘사하는 것만으로도 우리의 영혼은 상처 입고 마는 것이다. 그러므로 우리는 정반대되는 것을 요구할 수밖에 없다. '쓰디쓴 뜨거움'을. 거대한 공백의 형태로 『달고 차가운』에서 집요하게 그려진 바로 그것을, 그것이 발음되지 않는 바람에 우리가 상처 입게 만드는 바로 그것을, 『죄와 벌』과 겹쳐 놓고 볼 때 더욱 뚜렷해지는 그것을.

삶이라는 주머니 속에는 '달고 차가운' 아이스크림만 들어 있는 것이 아니다. 거기에는 맵고 짜고 쓴 음식들도 포함되어 있다. 우리가 허약한 식욕과 소화불량에 걸린 위장을 갖고 있을 때는 비위만 상하게 하겠지만, 그런 음식들을 맛보고 좋아하고자 하는 쾌활한 의지를 갖게 될 때 그제야 삶은 자신의 주름 속에 숨겨 놓은 어떤 가능성과 풍요로움을 우리에게 펼쳐 보인다. 삶의 진수성찬은 아이스크림 더미 속에 있는 것이 아니다. "가령 자기가 제일 싫어하는 음식물을 상 찌푸리지 않고 먹어 보는 거 그래서 거기두 있는 '맛'인 '맛'을 찾아내구야 마는 거, 이게 말하자면 '패러독스'지."(이상, 「단발」) 그러한 패러독스가 진수성찬을 마련한다. 자신의 삶을 사랑할, 삶의 식탁 앞에서 엄청난 식욕을 회복할 쓰디쓴 뜨거움의 패러독스. 쓰디쓴 음식 속에서 역설적이고 강력한 삶의 맛을 꺼내 보일 뜨거운 쾌활함과 불에 델 듯한 의지가 필요하다. 『달고 차가운』이 거대한 공백으로 제시하는 바람에 우리가 그 빈자리를 채워 넣기를 요구할 수밖에 없는, 삶을 향한 쾌활한 의지, 쓰디쓴 뜨거움의 힘들. 『달고 차가운』이 침묵의 방식으로 말하는 것이 그것이다.

오늘의
젊은 작가
02

달고 차가운

오현종 장편소설

1판 1쇄 펴냄 2013년 7월 26일
1판 8쇄 펴냄 2025년 5월 29일

지은이 오현종
발행인 박근섭·박상준
펴낸곳 (주)민음사

출판등록 1966. 5. 19. 제16-490호
주소 서울시 강남구 도산대로1길 62(신사동)
강남출판문화센터 5층(06027)
대표전화 02-515-2000 | 팩시밀리 02-515-2007
홈페이지 www.minumsa.com

ISBN 978-89-374-7302-9 (04810)
ISBN 978-89-374-7300-5 (세트)

당신이 소장해야 할 한국문학의 새로움, 오늘의 젊은 작가 시리즈

01 아무도 보지 못한 숲 조해진

02 달고 차가운 오현종

03 밤의 여행자들 윤고은

04 천국보다 낯선 이장욱

05 도시의 시간 박솔뫼

06 끝의 시작 서유미

07 한국이 싫어서 장강명

08 주말, 출근, 산책 : 어두움과 비 김엄지

09 보건교사 안은영 정세랑

10 자기 개발의 정석 임성순

11 거의 모든 거짓말 전석순

12 나는 농담이다 김중혁

13 82년생 김지영 조남주

14 날짜 없음 장은진

15 공기 도미노 최영건

16 해가 지는 곳으로 최진영

17 딸에 대하여 김혜진

18 보편적 정신 김솔

19 네 이웃의 식탁 구병모

20 미스 플라이트 박민정

21 항구의 사랑 김세희

22 두 방문객 김희진

23 호재 황현진

24 방콕 김기창